晴れた日に
かなしみの一つ

上原隆

双葉文庫

晴れし日のかなしみの一つ！
病室の窓にもたれて
煙草を味ふ。

（石川啄木『悲しき玩具』所収）

晴れた日にかなしみの一つ　目次

セーターに顔埋《うず》めて

二〇〇九年の十二月二十九日。三十七歳の成毛正徳《なるけまさのり》は妻のエミとマンションの部屋にいた。正徳は大手のIT関連企業に勤めている。タイ人のエミはモデルをしている。二人は友だちの紹介で五月に知り合い、すぐに仲良くなり、十月に結婚した。そして十二月、三十五年ローンを組んでこのマンションを買った。

その日の午後。家具が届いた。数日前に二人で選んだカーペットとテーブルとソファとカーテンだ。フローリングの床や壁の色に合わせて、ブラウン系で統一した。それらを段ボール箱から出して並べた。ついでに掃除をしようということになり、エミが居間と寝室を、正徳はトイレと洗面所と風呂場を担当した。彼は洗濯機の中にカビを取る薬剤を入れて水で満たした。

夕方。「髪をカットに行ってくる」と正徳がいうと、エミが「私もいっしょに行って切りたい」といった。「オレの行くところは安いだけで、あんまり上手じゃないんだ。明日、もっと良いところに連れてってあげるよ」正徳はそう答えた。彼の行く美容院は高校生の頃から通っているところだ。彼女にはもっとちゃんとしたところがいいと思った。「六時になったら洗濯機のスイッチを入れるの忘れないでね」そういって彼は家を出た。

スクーターに乗って、彼は埼玉県の富士見《ふじみ》市から実家のある練馬《ねりま》方面へと向かった。

午後八時五十五分。美容院で髪をカットしてもらった正徳はエミの待つマンションへと、笹目《ささめ》通りを走っていた。片側二車線の県道はいつも混んでいる。練馬区から和光《わこう》市に入ったところで下り坂になる。坂にさしかかったとたん、乗用車がスクーターの後部右側にドスンとぶつかってきた。脇道《わきみち》に入ろうとしたのだ。スクーターが車道と歩道の境にある鉄柱に激突した。その反動で、彼は歩道にある車止めの白い鉄杭《てっくい》にヘルメットの上から頭を打ちつけ、体は歩道に投げ出された。乗用車は一旦《いったん》停止した。が、すぐに走り去った。

あの日から一年以上が経《た》った現在、私は、正徳の父親、成毛隆雄《たかお》（六十三歳）と事故現場に立っている。このあと正徳とエミが住んでいたマンションを見て、成毛の家に行き、彼の妻から話をきくつもりだ。

成毛は建築会社の社長だ。体つきは痩《や》せている。話すときに力を込めて声を出す。

「正徳はここに倒れてたんです」成毛が手を広げて歩道を指す。車がぶつかった所から二メートルくらい離れている。彼は手提げ袋から新聞紙に包んだものを取り出す。中から缶コーヒーが出てくる。

「アイツが好きだったから、温めてきたんです」そういうと成毛はプルリングを開け、歩道に注《そそ》ぐ。線香の束に火をつけ、空き缶に入れ、しゃがんで歩道の脇に置く。その向こうを車がシュー、シューと音をたてて通りすぎる。

事故のあった日、警察から電話が入ったのは午後十時頃だったという。「息子さんが事故に遭いました。どなたでもいいので至急病院に来て下さい」

成毛は〈足でも折ってなければいいが〉と思いながら、妻の悦子《えつこ》（六十三歳）と二人で病院へ向かった。

病院に着いたとき、すでに息子の意識はなかった。片目がひらき、両耳から血が流れ出し、少し開いている口のなかも血でいっぱいだった。

「どうしてこんなことに」成毛は側《そば》にいる警官にきいた。

「車がぶつかったのかスクーターが単独で転んだのか、いまのところはわかりません」という。

〈単独で転んでこんなひどいことになるわけがない〉成毛はそう思った。

警察が目撃者を捜すための看板を出した。それは日時と車輌《しやりよう》のところだけをマジックで書きこんだ使い回しの看板だった。

〈こんなのでは目撃者は見つからない〉そう思った成毛は自分で看板を作りたいと申し出た。警察は、自分たちはかまわないが、市役所の許可が必要だといった。彼はすぐに市役所の道路管理課に電話をした。「許可できません」というのが答えだ。成毛は自分の息子がひき逃げされたのだと訴えた。相手は「規則は規則だから」という。「いろんな店が看板を出してるじゃないですか」と成毛は電話口でいった。「私はダメだといわれても出します。あなたが私の看板も他の店の看板も全部撤去したら、私はあきらめます」

彼は看板を作った。建築会社を経営する成毛にとって看板はお手のものだ。「目撃者を求む。十二月二十九日夜間八時五十五分頃、バイクひき逃げ死亡事故発生、有力情報に謝礼進呈、成毛」として電話番号を書いた。夜でも見えるように赤と緑の蛍光塗料を使った。

さらに、事故現場でチラシを撒《ま》き、民間の調査会社にも依頼した。が、一カ月経ってもひき逃げ犯は見つからなかった。

「不安でした」と成毛はいう。「このまま犯人に逃げられたら、息子に対して申し訳ないと思って」

毎週、成毛は警察に電話をした。様子をきくのと、親の思いをわかってもらうのと、担当刑事を励ますのが目的だった。

四十九日の法要の日にも電話をした。すると、修理工場で車を見つけ、犯人も捕まえたという。

犯人は四十二歳の男性で、事故当日、近くにある「極楽湯《ごくらくゆ》」という入浴施設に女性と来ていて、入浴後、ビールを大ジョッキと中ジョッキの二杯飲み、車に乗って帰るところで事故を起こした。警察の調べに対して犯人は「酒を飲んでいたから逃げた」といった。

飲酒運転でのひき逃げだ。

ところが、裁判では飲酒運転は審理の対象とならなかった。

「本人が飲んだといってるし、店の方にも記録が残ってるんですよ」成毛の声が大きくなる。「なぜ、飲酒運転の罪で裁けないんですか。上原《うえはら》さん、おかしいと思いませんか」

この裁判について書いた新聞記事はこう解説している。

「現在、飲酒運転だと最高刑懲役二十年の『危険運転致死傷罪』（二〇〇一年に新設）が適用され、懲役十年以上になることが多い。ところが、事故現場から逃げて体内からアルコールが抜けてしまうと、飲酒運転の立件が難しくなり、立件できない場合には懲役五年以下も珍しくない。『逃げ得』といってこの法律の盲点となっている。さらにこの『逃げ得』が悪質なのは、加害者が逃げずに救急車を呼んでいれば、被害者は助かったかもしれないという点にある。さいたま地裁の判決は懲役四年六カ月だった」

（二〇一四年五月「自動車の運転により人を死傷させる行為等の処罰に関する法律」が施行。「逃げ得」を防ぐため「過失運転致死傷アルコール等影響発覚免脱罪」が新設され、発覚免脱罪とひき逃げ（救護義務違反）の併合罪で最長十八年の懲役刑を科すことが可能となった）

事故現場から成毛の車を止めている駐車場まで歩く。振り返って現場を見ると、一台の乗用車が左折して脇道に入っていく。その瞬間、ドスンとスクーターにぶつかる映像が見えたような気がした。

成毛が車のキーを取り出し、駐車場に止めてあるワゴン車の鍵《かぎ》を開ける。

「どうぞ、乗って下さい」彼がいう。

私は助手席に乗る。

車はゆっくりと笹目通りの車の列の中に入っていく。

真新しいマンションの駐車場に車を止める。成毛が先に立って中に入っていく。私は後について歩く。エレベーターで四階まで行く。四〇三号室のドアを開ける。

「どうぞ」

「おじゃまします」私がいう。

成毛が、入ってすぐ右手の部屋のドアを開ける。

「ここが正徳の部屋です」

窓のカーテンレールにハンガーに掛けたジャケットが二着ぶら下がっている。小さな本棚にはＩＴ関係の本がギッシリと詰まっている。机の上には手帳やタバコや灰皿や展覧会のチラシなどが雑然と置いてあり、椅子《いす》の背にはジーンズとグレーのタートルネックセーターが掛けてある。部屋の主がいまにも帰ってくるような感じだ。

廊下の突きあたりが居間になっている。大きな窓に焦茶色のカーテンが掛かっていて、そばの床にカーテンをまとめる房が二本置かれたままになっている。事故後、ほとんど何もさわっていないらしい。真新しいカーペットの上にテーブルとソファ。

「どうぞ」と成毛が私にソファに座るようにうながす。私は座る。隣に彼が座る。鞄《かばん》から写真を取りだして、テーブルに並べる。

「デジカメの中に写真がいっぱい入ってたんです。こんなに写真撮る男じゃなかったのに、エミといっしょになったことがよっぽどうれしかったんでしょうね」

神田明神《かんだみようじん》の前の二人、エミがVサインをしている。レンタカーの助手席でポーズをとるエミ。東京ドームでたこ焼きを食べている二人……、写真は数十枚あった。

「アイツとゴルフに行ったことがあるんです」成毛がニコッと笑う。「二人だけで泊まりがけだった。そのとき居酒屋で飲んだんです。アイツが『好きな人がいる』って、『お父さんはお前が好きな人なら誰でも認めるよ』って、そうしたら、うれしそうな顔してね。ようやく、これから男同士の大人のつき合いが始まるのかなって思いました。でも、あれが最初で最後でした」成毛は両手を強く握りしめている。

私はマンションの中を見させてもらう。洗面所の収納棚には歯ブラシが一本、使いかけの歯磨きチューブ、整髪料、シェイビングクリーム。寝室にはダブルベッドがあり、ストライプ柄のカバーのかかった枕《まくら》が二つ並んでいる。居間に戻る。成毛がいない。私はソファに座る。しばらく待っても現れないので、廊下を歩いて部屋を覗《のぞ》いていく。彼は正徳の部屋にいた。グレーのタートルネックセーターを手にしてそこに顔を埋《うず》めている。私は見てはいけないものを見たような気がしてそっと後ずさりをした。成毛が顔を上げると、少し照れたように笑った。

「アイツの匂《にお》いがするんです」

マンションを出た私たちは成毛の家に向かっている。

「最近ようやく、声が大きくなってきたんです」成毛が運転しながら話す。「事故の後は声が出なかった。ライオンズクラブとかで食事会があるんですけど、人前に出るのがイヤで、みんなが楽しそうな顔をしてると、その中に入っていけない。世界が違うんです」

「少しは良くなったんですか」

「いまは落ち着いてます。精神安定剤と睡眠導入剤を飲んでるんです」

成毛の家に着く。一階がガレージになっていて車を入れる。外の階段を上がると玄関になっている。妻の悦子が居間に案内してくれる。様々な置物があり、鉢植えの花々があり、真中に一枚板のどっしりとしたテーブルがある。向かい合って座ぶとんに座る。私は挨拶《あいさつ》したあと、仏様に線香をあげ、手を合わせる。正徳の遺影がニコニコと笑っている。

成毛は会社に電話をするといって自分の部屋に入っていった。

「お互い、息子の話題は避けてるんです」と悦子がいう。「話せばつらくなりますから。主人は泣きたくなると、タバコを吸うといって一階のガレージに行ってるみたいです」

「悦子さんはどうしてるんですか」私がきく。

「主人がいないときに仏壇に向かって泣いてます」

私は出されたお茶を飲む。

「二十八日に正徳からメールが来てたんです」悦子はティッシュペーパーを丸めたものを手に握っている。「『大晦日《おおみそか》の日にエミと行く、一晩泊まって、元日にいっしょに連れてって』って。ウチは元日にお墓まいりすることになってるんです」

「なんて返信したんですか」

「返信してないんです。明日にでも返信しようと思っていたら、あんなことになって……」

「正徳さんがいないなって、どんなときに感じますか」

「携帯でメールを見てるときかしらね」悦子は首を傾《かし》げながらいう。「もうメールが来ないんだなって。ときどきメールくれてたんです。『おふくろ、ちょっと足りないんだけど貸してくれない?』とか、『おふくろ、ちょっと苦しいんだけど食事しに行っていい?』とか、そんなメールばっかりなんですけどね」悦子が笑う。次の瞬間、頰《ほお》がふるえだす。目が涙でいっぱいになり、持っていたティッシュペーパーを目にあてる。

最寄り駅まで送ってくれるというので、成毛の車に乗っている。私はほとんどどきくべきことはきいたので黙っている。彼も黙っている。街は夕暮れて街灯やネオンが灯《とも》っている。道路は混んでいて車はゆっくりと進む。信号が赤になる。前に二台の車が止まっている。

「ふとね」成毛がぽつりという。

「ええ」私は彼を見る。ハンドルに手を置いて前を見ている。

「もうこの世界にアイツはいないんだって思う」

横断歩道を母親が子どもと手をつないで渡っている。会社員が携帯電話をかけながら急いでいる。脇の道を三人の学生がおしゃべりしながら歩いている。夕暮れの街。この世界に息子はいない。

希望退職

携帯電話にメールが入った。

「お疲れさま。今日の午後、三十分ぐらいあいてませんか？　少し話があります」

〈部長からだ。何だろう？〉課長の津村慎吾《つむらしんご》（四十五歳）は携帯画面を見つめて考えた。

得意先での打合せを終えて、ビルを出たところだったので、このまま戻れば、午後四時には会社に着くだろう。そう返信すると、部長は会社の近くの喫茶店を指定してきた。

〈他の社員にはきかれたくないことか……〉

津村は家に電話を入れた。妻の咲枝《さきえ》（三十九歳）が出た。

「部長から会いたいといわれた。ひょっとしたら地方への異動かもしれない。そのときは単身赴任だな」そういって電話を切った。

プラットホームに立っていると、咲枝から電話がかかってきた。

「私の思い違いだと思うけど」彼女は少しいいよどんでいる。「リストラ、じゃないよね」

津村は〈あっ〉と思った。

二〇一〇年の初頭、社長が課長クラス以上を集めて、「経営が悪化して非常事態なので、会社再建案をつくった、計画では、三月いっぱいまでに社員の一割を削減しなければならない」といっていた。

電車に乗り、吊革《つりかわ》につかまって車窓を見ている津村の胸の中で、暗いものがみるみる広がっていった。

津村には妻と妻の母親と小学校二年生になる娘がいる。娘を大学まで一貫教育の私立学校に入れたばかりだ。まだまだ先は長い。マンションのローンもほとんど残っている。

津村の勤めている会社は、半導体を中心に扱っている商社だ。彼の課では、米国シリコンバレーの会社から製品を輸入して日本側企業に納品している。納入先で不具合が生じたときに間に立って、調整するのが彼の役目だ。

喫茶店に入ると、部長は先に来て座っていた。

「早期退職の候補としてきみが選ばれたらしいんだ」部長がいった。

「どうして、私なんでしょう?」津村はつとめて冷静にきいた。

部長は、取締役と人事部で決めたことなので、自分にはわからない、一度、人事部の人間と会ってほしいといった。

〈部下をもっと厳しく管理しろといわれたことがあるが、そんなことが理由になるのだろうか？〉

部長が苦しそうな表情をしているので、

〈これ以上きいても仕方がないな〉と津村は思った。

別々に会社に戻ろうということになり、部長が先に出た。五分後に津村は店を出た。

妻に電話をした。

「きみの勘が当たってたよ、フフフ」津村はカラ元気を出して笑った。

「そう」妻は少し黙った。「今日は何があっても、まっすぐ家に帰っておいでね」

その夜、酒の力で津村は寝た。いつもの習慣で、午前一時に起きて、英語でレポートを作成し、二時にメールを送信した。相手先のシリコンバレーは午前九時なのだ。

〈もうちょっと寝よう〉と思って、横になった。眠れなかった。〈どうしてオレなんだ、どうしよう、これからどうなっちゃうんだ〉

二〇〇八年九月に起こった米証券大手リーマン・ブラザーズの破綻《はたん》の衝撃を受けて以後、日本の企業で、「希望退職」が野火のように広がっている。

二〇〇九年に「希望退職」を実施した企業は、投資家向け広報を集計すると、二百二十二社だ。沖《おき》電気工業、日本ビクター、荏原《えばら》製作所、近鉄《きんてつ》百貨店……。前年の二〇〇八年は八十五社だったから、一気に三倍近くになったことになる。その募集人数は二万四千七百三十九人にも及ぶ。

二〇一〇年に入り動きはさらに加速した。経営不振に陥っている日本航空が三月から約二千七百人の特別早期退職を募集したところ、枠をはるかに上廻《うわまわ》る三千六百十人が応募した。

一九九〇年代にもバブル経済が崩壊して「リストラ」があったが、そのときの対象は五十代以上だった。今回は、三十代や四十代も対象となっている。

津村慎吾が会議室に入ると、専務と人事部長がいた。

組織を小さくすることになり、きみを当てはめる部署がなくなってしまった。どうしても残りたい場合は、課長職ではなくなる、それに伴って減給になる、どこの部署になるか、どんな仕事をやってもらうかはわからないが、どこかの隅に席を置くことはできるだろうといった。

〈ふざけんな〉と津村は思った。〈そんな生き恥さらすような残り方できるか〉

今退職すると、割増金として年収の半分と退職金を支払う用意がある。さらに、再就職支援会社を紹介する。次の就職先が決まるまで、会社が費用をもつ、すぐに結論は出さなくていいので、一度、再就職支援会社に行ってみてほしいという。

次の会社が決まるまで面倒を見てくれるときいて、津村は少しホッとした。

翌週、再就職支援会社へ行った。

キャリアカウンセラーという年輩の男性が出てきた。

「求人はあります。こういうときをチャンスと見て中小企業が優秀な人材を取りに来てるんです。自分に自信のある人はこれを好機ととらえるでしょう。自信のない人が会社にしがみつくんです。思いきって出てきなさいよ」といった。

再就職支援会社の入っているビルから外に出たとき、彼の気持ちは明るくなっていた。

こうして津村は、新卒で入社し二十年間勤めた会社を退職することにした。

三月二十日まで会社に出た。最終日、彼は各部署を回り挨拶をした。仲の良い先輩の机の前に立った。

「津村とつき合えて楽しかったよ」先輩がいった。

そのとたん、我慢していたものが噴き出して、津村は泣いた。

「早期退職」と「希望退職」は違う。

「早期退職」は多くの企業で常時募集している。社員が第二の人生を考えて退職するときに活用する優遇制度だ。多少の割増金が出る。企業はこれによって新陳代謝を図る。

「希望退職」は、会社の経営が悪化して、費用を減らすために、何名削減すると決めて募るもので、多くの場合、会社側は辞めさせたい人を選別していて、その人に声をかける。

法制上、「辞めろ」とはいえないので、何度も面談を繰り返し、本人の意志で辞めさせるようにする。割増金の額や再就職支援会社の紹介などによって決断を誘導する。

「希望退職」という名のクビ切りだ。


きみはいらない、会社にとって必要のない人間だといわれれば、誰でも傷つく。

イベント会社に勤めていた水谷滉一《みずたにこういち》（四十四歳）は、「希望退職」の対象にされ、悩み、受け入れた後、鬱《うつ》病を発症した。

喫茶店で水谷にあった。学者の姜尚中《カンサンジユン》に似ている。しゃべり方も静かでゆっくりとしている。が、その表情はどこかうつろだ。

水谷は新卒で会社に入り二十三年間、経理、人事畑を歩いてきた。数年前に、社内の人事制度改革があり、成果主義が導入された。評価の中心点が「新しいことへの挑戦」となっていた。営業や制作なら新しいことはあるかもしれない。しかし、経理に新しいことはない。毎年同じことを間違いなくやることが重要なのに、「きみのやってることはルーチンワークだから」と上司にいわれた。評価は下がりっぱなしで、平均以下になった。

ここ二年、会社は赤字決算を続けている。国家規模のイベントはないし、地方自治体も財政難で低予算の企画ばかりだ。

「経費削減ということで」水谷が思い出して笑う。「十階分借りてたオフィスを三階分返そうということになったんです。各フロアーがぎゅうぎゅう詰めになりました。そのときに、営業とか制作は、両脇に引出しのある大きな机なんですけど、経理、人事は、引出しが片方だけしかない小さな机だったんです。ああ、この会社は経理、人事を軽く見てるんだなって思いました」

「希望退職」の対象にされたとき、〈自分がやってきた経理、人事の仕事がまともに評価されないなら〉と思って、彼は退職を決意した。月給の二十四カ月分と退職金を受け取った。

水谷はひとり暮らしだ。二十年近くいっしょに暮らしていた妻とは数年前に離婚した。

「もしも離婚しないで夫婦仲がうまくいってたら」と水谷はいう。「鬱にもならなかった気がするんです。希望退職の対象になって、苦しいときに、家に帰っても誰も話す人がいない。いっしょにいるときはなんだかんだ喧嘩《けんか》が多かったけど、それでストレスが解消できてたんですよね」

退職してから半年が経つ。求職活動は病気を治してからしようと思っている。

木田義行《きだよしゆき》(五十九歳)は、大手家電メーカーのエンジニアで、工場施設設計関係の部長だった。

「昔はね」木田がやさしい声で話す。「自分たちの工場で自分たちの機械を使って、他社には負けないぞってやってたんです。だけど、工場の効率化で出る利益ってたいしたことないんです。そのうち工場に関してはどこも横並びになってきて、委託工場を使った方が安くなった。会社の方針としてそうなっちゃってね」

二〇〇九年一月に「希望退職」に応じるようにいわれたときには、残っても自分の働く場所がないことがわかっていた。

退職し、求職活動を始めて一年以上になる。

大学を卒業してからずっと同じ会社で働いてきた木田にとって、転職ははじめての経験だ。

「仕事口ぐらい探せばあるだろうと思ってました」木田が笑う。「ところが、ぜんぜん決まらない。歳《とし》ではねられてるんだと思うけど。最近じゃ、もう、仕事なんかしなくてもいいかと思い始めてますよ」

割増金は月給の十八カ月分だった。子どもたちは独立しているし、家のローンは払い終わっている。六十五歳で年金をもらえるまでなら生活には困らない。

「だけど仕事してないと」木田が眉根《まゆね》を寄せる。「罪悪感が湧《わ》いてくるんだよね。気分もクサクサしてくる。人間って、誰かに認めてもらいたいとか話きいてもらいたいとか、そういうのあるんですよ。そういう場所がなくなったってことなんだな」

「仕事がないことがこんなにつらいとはね」そういうと木田は大きなため息をついた。

伊勢丹《いせたん》と経営統合した三越《みつこし》は、二〇〇九年十月に退職者を募集した。当初会社は一千人程度を予定していた。が、蓋《ふた》を開けてみたら千六百人もの応募があり、一気に正社員の四分の一が去ることになった。

吉住五郎《よしずみごろう》（五十五歳）もそのうちのひとりだ。背が高く、ピンストライプの背広をパリッと着こなしている。

吉住は、福島県の高校を卒業して三越に入社し、新宿《しんじゆく》店の呉服売り場に配属された。

「着物のきの字もわからずに始めました」吉住は太い声で笑う。「ボクが入った頃は、負債ゼロ、借り入れなしで経営してたんです。資産もかなりあったはずです。それが、ここ十年くらいで急にジリ貧になって、合併して、閉店して、人員削減って、こんなふうになるとはね」

彼は最後、日本橋《にほんばし》本店の法人向け外商部に所属していた。

外商部といえば、ノルマがきつくてたいへんな仕事という印象がある。

「外商に異動になるのは嫌だっていう人はかなりいるんじゃないですかね」吉住がいう。

「ボクは物を売るのが楽しいし、人と会って話するのが好きだから、ぜんぜん苦じゃなかった。ただ評価されないんだ」

ノルマがあって、成果主義をタテマエにしているのだが、給料は歩合にはなっていない。いくら売上げを上げても収入は増えないのだという。それどころか、ここ数年の間に何回も給与体系の変更があり、そのたびに給料は下がっていった。吉住の最後の年収は約六百万円だった。

彼が退職者の募集を知ったのは、会社からの発表ではなく、新聞だった。

「伊勢丹との合併のときもそうですよ」吉住が目を大きくあけて、あきれたという表情をする。「内部の人間が新聞やテレビで知って、エッて驚いてるんですから」

今回の募集に応募したのはどうしてだろう。

「残念なんですが、百貨店というものが世の中から必要とされないものになりつつある。

それにウチの古い体質じゃ将来性ないだろうと思ってね」

「辞令とバッジと名刺を返したときに」彼がいう。「これでもう店とは関係ないんだと思うとさびしかったですね」

「三十八年間です」吉住が目を上に向ける。「田舎から出てきて店といっしょに育ってきた。その店を見捨てたことになるのかもしれません」

日本IBMの社員から話をきいているときに、労働組合の機関紙を渡された。そこには、降格、減給の脅しでクビ切りが進むなか、とうとう、自殺者が出たと書いてあった。

私は組合に電話をして書記次長の石原隆行《いしはらたかゆき》（四十六歳）と会うことにした。

喫茶店に入ってきた石原はツィードのジャケットを着て、大きな黒いバッグを肩にかけていた。私の前の席に座ると、バッグからノートパソコンを出した。

「自殺したのは四十五歳の男性です」パソコンを見ながら石原は話す。「妻と十七歳の息子がいます。彼は組合員ではないし、リストラは個人を対象にして秘密裏に行われているので、はっきりしたことはわからないのですが、周りの人の話では、手が震えてキーボード入力がおぼつかないほど、仕事上の悩みをかかえていたようです」

「私自身、リストラの対象になったことがあるんで、そのつらさがわかるんです」石原が顔を上げて私を見る。

その頃、彼は組合員ではなかったという。ただ、小さな子どもを二人かかえていて、会社を辞めるわけにはいかないとだけ思っていた。上司との面談が三回、四回と続き、不安になり、精神的に苦しくなって組合に相談に行った。

「ああいうときって」彼が笑う。「話できるだけで気が楽になるんですよね」

その後、面談が続き、六回目に組合に入った。会社は石原のクビ切りをあきらめた。

「リストラの対象になったら」石原がいう。「まず、家族と相談して意志を固めることですね。次に自分のことを考えてくれる組合に相談するといいです。会社に組合がなくても、地区労協とか地区労連とかに行けばいい。自殺したAさんもひとこと相談してくれたらね……」

「自分がどんなに強いつもりでいても」石原が私の目を見る。「ひとりじゃなかなか耐えられないんです」

Aさんの死亡推定時刻は午後八時、社内の一室で首を吊《つ》っていた。首に巻かれていたのは、ノートパソコンを机に縛りつけておくためのワイヤーだったという。

今回、「希望退職」の対象になった人たちに会い、「あなたにとって会社とは何ですか？」ときくと、多くの人が「いっしょに働いてた仲間」と答えた。集団に愛着があるのだ。エンジニアの木田義行は「誰かに認めてもらえる場所だ」といっていたし、吉住五郎は「三越は自分の人生そのものだった」といっていた。

日本の会社には、社員が心の拠《よ》り所とするような共同体的なものがある。日本企業の活力の源泉だった。いま、それが失われようとしている。おそらく、もう後戻りはできないのだろう。

今後、会社員たちは何を拠り所とするのだろう。

冒頭に紹介した津村慎吾は会社を辞めて、再就職支援会社に通った。

私は妻の咲枝に会いたいと思った。

土曜日の午前十時、彼らの住まいの近くのファミリーレストランで会った。咲枝は津村といっしょに入ってきた。彼女はジーンズの上に花柄のワンピースを着ている。小柄で可《か》愛《わい》い感じの人だ。津村はブルーのシャツの上に紺のブレザーを着ている。咲枝が話している間、津村は黙ってきいていた。

「リストラに遭うなんて一大事ですよ」咲枝が私の目を見て話す。「だからって、たいへんだたいへんだって騒ぐのは良くないと思って、本人が一番たいへんだって感じてるはずですから」

「毎朝、会社に行くのと同じように再就職支援会社に行ってました。今日はこのセミナーに出るんだとか、明日は面接の練習だとか、忙しそうにしてました。そんなふうにしてないと不安なんだなーって思って見てました」

「会社に行ってるときは、出張が多かったし、会社の人と飲みに行くことも多かったから、家ではあまり話さない方だったんですけど、話し相手がいなくなったからですかね、よく話すようになりました」咲枝が「ね」というように津村の方を見る。

「娘と二人でお父さんにプレゼントしたんです。娘が作ったお守りと可愛い柄の赤いトランクス。『面接に行くときはこれはいて行ってね、勝負パンツだから』って」彼女が声を出して笑う。津村と私も笑った。

「景気悪いし」咲枝がいう。「心の中では、大丈夫かな、就職できるかなーって不安でしたよね。私もパートに出なきゃいけないかなって、新聞のチラシとかを見てました」

津村は、退職してから、二カ月間で五十社近くに応募書類を出した。そのうち面接できたのはたった一社だった。そこも落とされて、がっかりしていたら、キャリアカウンセラーから、シリコンバレーの企業とつき合ったことがあるという経験に注目している会社がありますす、行ってみますかといわれた。すぐに面接に行った。その会社は海外向けの新規事業を考えていた。津村は自分の経験を話した。面接が終わり、その場で採用が決まった。「電話で『決まったよ』って」咲枝がニコッと笑う。「さすがにうれしかったですね。『良かったね、救ってもらったんだから、感謝して、一生懸命働かなきゃね』って、電話切ってから、ほっとして、私しゃがんじゃいました」

咲枝の目が涙で潤んでいる。

「お守りはいまも持ってます」そういうと津村が札入れから白い紙包みを取り出して、テーブルに置く。

「娘が作ったんです」咲枝が紙包みを開ける。

中に電車の切符大の画用紙がある。表に五円玉がセロハンテープで貼《は》ってあり、裏返すと「はやくきまりますように」と子どもの字で書いてあった。

パチンコ

駅を出てすぐのところに中古CDの店があるんです。私、音楽が好きなんで、よく覗くんですよ。棚にボブ・マーリーの「レジェンド」っていうCDがあった。これ持ってるなと思って、手に取ったんです。〈なんか自分のみたい〉って感じがしたんです。あれって不思議なもんで、わかるんですよね。

家に帰って見たら、やっぱりなかった。家の中を見回したら、いろんな物が消えてることに気づいたんです。プレステとかデジカメとか。

で、妻の香織《かおり》に「プレステどうした?」ってきいたんです。

「ミキちゃんちのママに貸してる」って。

「カメラは?」

「知らない。ないの?」

〈嘘《うそ》ついてるな〉と思いました。

知らん顔してテレビを観《み》てる香織に、

「CDもプレステもデジカメも売ったんだろう」っていったんです。

「全部売っても五千円にもならなかっただろう。五千円でパチンコやっても一時間ももたなかったんじゃないの」ときくと、

「……」

「勝てばもつよ、勝って買い戻すから」って。

私は物を売るのがいかに損かということを、ゆっくりと説明しました。そうしたら、

「わかった。ごめん。もう売りません」って小さな声でいいました。

香織がパチンコ好きなのは、結婚した頃から知ってました。

「あたしの趣味はパチンコだから」って、「美味《おい》しいもの食べるよりも、どっかに旅行に行くよりも、パチンコやってる方がいい、だからやらせて」って。

私は○○○（外資系IT企業）の営業部で働いていました。一年間、大阪赴任になって、そのときに、難波《なんば》でふらふらしてた香織と知り合いました。声をかけたらついて来たんです。

えっ？　いやいや、美人じゃありません。派手な格好して、若かったから、可愛く見え

たんでしょうね。私は二十九、香織は二十一でしたから。もう十数年前ですよ。いまみたいにぶくぶく太ってなかったし、ははは。

私のアパートまで来ました。生い立ちをきくと、かわいそうでね。埼玉で生まれて、お祖母《ばあ》ちゃんに育てられた。父も母も知らなかったらしい。小学校四年生のときに突然、母親が現れて、彼女を連れだしたんです。「あれが不幸の始まりだった」って。母親はヤクザといっしょになってて、三人で地方を転々としたらしい。名古屋《なごや》に行ったり、大阪に行ったり、九州に行ったり。十三歳のときにそのヤクザに犯されたっていってました。

どうやら、小学校も卒業してないみたいです。その後、ひとりで埼玉に戻ってきて、夜間中学に入ったりもしたらしいんですけど、なかなか続かなかったみたいです。水商売で働き始めて、いくつも店を変わって、客に声をかけられてストリッパーになった。その興行で大阪まで来たんだって。で、妊娠した。子どものお父さんはスナックで知り合った男らしいんだけど、「オレの子じゃない」って、相手にされなかった。

市役所に相談にいったら、生活に困っている女性のための寮に入れてくれた。そこで子どもを産んだ。子どもはすぐに平野《ひらの》区の乳児院に預けられた。香織は子どもに会いたいからって、寮を出たんです。バッグ一個と着替えの紙袋ひとつ。それを難波のコインロッカーに入れて、ふらふらしてた。私と会ったのは、そんなときなんです。で、私の所に住みつくようになった。居場所を証明できれば、子どもの外泊許可がもらえるっていうんで、いっしょに乳児院まで行きました。赤ん坊を連れてきたときは、本当にうれしそうでした。それを見て、まともな生活をさせてやりたいなって思ったんです。

私は、小学生の頃から正義感が強い方でした。体の不自由な同級生の面倒をみたりとか、いじめられてる子を助けたりとかしてました。体も大きい方でしたから。

その後もずっとそんな気持ちを持っていて、いろんな問題がふりかかってきても自分のところで耐えてみせるっていうか、肩にかかってくるものを重いとは思わんぞ、みたいな。

東京本社に戻るときに考えました。損得だけを冷静に考えれば、だらしがないし、子どもがいるし、パチンコ好きだし、良いところは何もない。でも、だからってこの親子を捨てていいのかって。ここで放り出したら、また、繁華街で、体を売るようなことをするんじゃないかと思ってね。

東京に来てからは、私の実家の近くにアパートを借りて住みました。私は結婚して、子どもを自分の養子にすることにしました。両親は香織との結婚に反対でしたが、私がいいだしたらきかない人間だと知ってましたから。母は子どもに罪はないからといって、赤ん坊のおむつを取り替えるとか、すぐに面倒をみてくれるようになったんです。

香織といっしょに暮らしてわかったことは、掃除をしない。食事はコンビニ弁当やお菓子ですます。洗濯ものは干しっぱなしにしておいて、そこから取って着る。安い縫いぐるみが好きで山のように集める。キチンとした生活が、まったくできないということでした。〈まともな家庭を経験したことがないんだから、しょうがない、ひとつひとつ教えていかなきゃな〉って思いました。

といっても、自分も仕事で忙しくて、あんまり、香織と話す機会もなかったんです。それが良くなかったのかもしれないんですけど……。

私の働いている会社は外資系だから、成績次第。みんなメチャクチャ働くんです。毎日、終電か会社に泊まるかっていう状態でした。

収入ですか？　まあまあ稼いでいたと思います。年収一千万はいってましたから。

結婚して五年目に下の子ができました。美羽《みう》っていいます。上は優衣《ゆい》。上も下も女です。美羽が生まれたときに、どちらかをえこひいきするのはやめようなって香織にいいました。生活費は毎月十五万円渡してました。でも、すぐ足りないって、私はいわれるままに五万、十万って渡してたんですけど、そんなに生活費がかかるわけがないんで、パチンコをやってたんでしょうね。

上の子の優衣が大きくなってから教えてくれたことなんですけど、何度もパチンコ店の近くの公園に放っとかれたって。夜になってお腹《なか》がすくし、泣いても誰も来てくれないし、暗くて怖かったって。閉店の十時過ぎにならないとお母さんは戻って来ない。あのさびしさはいまでも忘れないっていってます。


パチンコですか？　ええ、私もやったことがあります。香織とつき合いはじめた頃はよくいっしょに行きました。

魅力ですか？　そうですねえ。

やっぱり、大当たりして玉がジャラジャラ出てきたときの気分の良さでしょう。それがお金になるわけですから。最近のパチンコ台は、大当たりの期待を持たせるリーチになったときの画面がいろいろ工夫されてて、引っぱって引っぱってお金を使わせるようになってます。

香織なんかは、大当たりを出して、玉でいっぱいの箱を何段も積んだことが忘れられないんだと思います。だけど、そんな日はたまにしかないんです。

負けてる日は、あと五千円使えば、ここまで負けた四万円分を取り戻せるだろうとか思うんです。で、最後の方になると、もう四万円は無理かもしれないけど、五千円ぐらいは取り戻せるかもしれないって。最後、あと一回大当たりが来るかもしれないって思いながら閉店間際までやってしまうんです。

人生に目的がなかったり、生きる意欲がなかったり、そういう人に、パチンコはどんどん食い込んでくるんだと思います。

香織も目的をもってなかったし……。

ちょっと同情するところもあるんです。子どもの頃から学校も行ってないし、義父からは暴行されるし、そんな生活の中で、これを耐えたらいいこともあるんだっていう経験をしてこなかったと思うんですよね。だから、目的とか計画っていう発想そのものが出てこないんです。

結婚して八年目にマンションを買いました。４ＬＤＫです。

「夢を見てるみたい」って香織がいったのを覚えています。子どもたちも喜びました。

住宅ローンの払いが月々二十万円になるので、「いままでのように生活費が足りなくなった、はいよって渡すことはできないからね」って香織にいいました。

「わかった」って答えました。

その頃、営業成績がトップになって、会社からのご褒美で、家族四人で旅行に行かせてもらいました。オーストラリアにあるヘイマン島です。島そのものがホテルになってて、世界最高のリゾート地といわれてるところです。透明な海の上にひとつひとつ部屋があって、水上飛行機でグレートバリアリーフまで運んでくれました。香織も子どももキャーキャーいって喜んでました。

世の中には、パチンコよりずっと楽しいことがあるってわかってもらえたらなって思いました。

旅行から帰って半年も経たない頃、ゴミ箱の中に、クレジットカード会社からの督促状が捨ててあるのを見つけたんです。開けてみると、五十万借りてました。びっくりして、「これ、どういうこと」って香織にききました。

「生活費が足りないのにくれなかったからよ」ってふくれっ面をしてます。私は香織を正面に座らせて、

「頼むからパチンコをやめてくれ」っていいました。「このままパチンコをしていると、そのうちにこのマンションも手放さなきゃいけなくなるから」って。

「負けてるばかりじゃない、儲《もう》かるときもあるのよ」ってボソッというんです。

「いいか、いままでいくらつぎ込んだと思ってんだ」といって、結婚してから一千万円近く使ったこと、パチンコ店は商売でやってて、損しないようにしてるんだから、絶対儲かるなんてことはないんだと説明しました。そうしたらとうとう、

「負けてもいいから、あたしはパチンコやりたい」って叫んだんです。

どう説得したものかと考えてしまいました。

「お金は降ってこないし、湯水のように湧いてもこない。私が稼いだ分しかないのはわかるね」

「うん」って。

「じゃ、私の稼いだお金でできる範囲にしてくれ、借金はするな」

「わかった」

「パチンコをするのは、私がいる土、日だけにしてくれ」

「うん」

「いいね、約束だぞ」

「わかった。約束する」って。

「じゃ、このクレジットカードの五十万払っとくから、他にはないいね」っていったら、香

織がもぞもぞしはじめたんです。で、バッグの中から督促状の束を出しました。全部で七社、三百五十万円もあったんです。

もう、怒るよりも、どう対処しようっていう方向に頭がいきました。

職場の仲間で、何でもよく知ってる人に相談したんです。クレジットカウンセリング協会に行ったらどうかというので、行きました。債務を整理してくれて、金利を凍結し、三年半で三百五十万を返済すればいいようにしてくれました。ただし、返済が終わるまで、香織はクレジットカードが持てないんです。ちょうどいいと思って。

それからは、住宅ローン二十万とクレジットの返済が八万五千、合計二十八万五千円を月々払わなければならなくなったんです。

日曜日の夕方、パチンコに行ってる香織から電話がかかってきました。

「勝ったから、みんなで焼肉食べに行こう」って。勝つと陽気になるんです。私は子ども二人を連れて駅前まで行きました。その頃、約束どおり、パチンコに行くのは土、日だけになってました。

焼肉を食べてから、子どもたちが行きたいというので、カラオケに行きました。彼女は子どもたちと「翼をください」を歌ってました。帰り道でも、子どもたちと可愛い声で歌っていたのを覚えています。

一年後。会社から帰ったら、下の子の美羽が、「ピンポーン、ピンポーン鳴らす人がいてうるさいの」って私にいったんです。そのときは誰かのいたずらかなって思ったんですけど、その日の夜に電話があって、

「奥さんに貸した金、返済期限がとっくに過ぎてるんだけど」って男性の声で。

「どちら様ですか」ってきくと、

「〇〇ファイナンスの者です」って。

「いくら借りたんですか」

「五万だけど、利息がついて十五万になってる」

「そんな」

「利息だけでも払っていただかないと」

「私は全然知らないんで、家内にきいてみます」

「テメー、いい加減にしろよ、そこにいるんだろう、とっととときけ！」急にどなりだしたんです。怖いんですよ。

「わかりましたから、いったん切ります」って切ったんです。すぐにまた電話が鳴って、

出なかったんです。香織にきいたら、「知らない」の一点張り。電話は十回かかってきて、止《や》みました。でも、眠れないんです。クレジットカードが使えないので、香織はヤミの金融業者から借りてたんです。土、日どころか、毎日、金を借りてパチンコに行ってたみたいです。

「ヤミ金融対策法」が成立する前だったので、野放し状態でした。電話一本で、夫が○○に勤めているというだけで、証明書なんかなしで、銀行口座に振り込まれるんです。だいたい一回が五万円ぐらい、でも、それが二十日で十万になっちゃう。ちょっとほっとくと、どんどん膨らんでいくんです。

営業先から会社に戻ったら、上司が「川田《かわた》さんっていう人が電話下さいって、番号はね……。その人、代表番号にかけてきて、青山《あおやま》さんの名前出して、どうしてもつなげってったらしいよ。なんか、たいへんそうだね」って。

「いや、たいしたことじゃないんです」って笑ってごまかしました。部屋の外に出て、電話をすると昨夜の男でした。

「どうした、奥さんにきいたか」って。

「知らないっていってましたけど」

「テメー、ざけんな。いまからすぐそこに行くからな」って。

「ちょっと待って下さい」

「るせー、受付で青山出せって騒いでやるよ」

「わかりました。いくら払えばいいんですか」

「十五万だよ」

「借りたのは五万でしょう」

「今晩、オメーの家に取りに行くからな」

「振り込みますから」

「いや、信用できねー、行く」

「やめて下さい」

「行くといったら行く。今晩十一時、十万返せば、五万は目をつぶってやるからさ、な」

って急にやさしい声になるんです。

「わかりました」って答えました。

「もし約束破ったら、会社に行くからな。覚えとけよ」って。

結局、夜中の十二時に近所のコンビニの前で十万円払いました。

これだけじゃなくて、いくつもヤミ金から借りてたみたいで、次々に電話はかかってくるし、家のインターフォンを鳴らすし、神経が休まらないんです。

「払わなければ、あんたの家に乗り込んで、金目のもの持っていくからな」とか、「会社の前で待ってるから」とか、「あんたんとこの娘、○○小学校に通ってんだよなー」って。これをいわれたときには、本当にゾッとしました。

香織も怖かったんでしょうね、会社から帰ったら、電話の線が抜いてありました。

「怖いだろう」っていったら、

「怖い」って答えました。

「こんなこともうやめろよ」

「うん、すみません」って。

子どもたちも怯《おび》えていたので、ともかく、早く終わらせなくちゃいけないと思って、どこにいくら借りてるのか、全部書かせたんです。そうしたら、八件で百五十万円でした。ヤミ金なんで、すでに三百万円以上になってるはずなんです。

とにかく、パチンコやめろっていってもやめないんだから、ヤミ金からの金が振り込めないようにしようと思って、持ってる私名義の口座を全部出せっていって、彼女が持ってた二枚のキャッシュ・カードをハサミで切って、二つの銀行に行って口座を解約したんです。それから、ヤミ金に電話をして、三十万を十万にするような交渉をして、すべて払いきりました。

家の電話番号を変えて、玄関ドアの鍵ももうひとつ増やしました。ともかく、もう、脅しがこないようにしたんです。

それからしばらくして、また、会社に電話があったんです。

「お宅が貸したっていっても振込先がないはずなんだけど」って自信をもっていったんです。そしたら、

「いや、○○銀行に十七日づけで確かに振り込んだ」って。

その日は定時で会社を出て、まっすぐ家に帰りました。香織にこういう電話があったけどっていったら、最初「知らない、だって解約したじゃない」っていうんです。信用できないんで、バッグの中のものを全部出して調べたんです。通帳が出てきました。開いたら確かに十七日に三万円振り込まれています。彼女は口座をひとつだけ私に隠して持ってたんです。

怒られるだろうと思って下を向いている香織の、そのぽってりとした頬や太い胴や腰を見ていたら、ざわざわと全身に鳥肌が立ったんです。ぬかに釘《くぎ》を打ってもきかない感じ、何度打っても打ってもきかない、その恐怖っていうんですかね。

声にならない悲鳴

江藤哲《えとうてつ》（四十九歳）は農学博士だ。害虫学を専門にしていた。三十八歳のときに研究者になることをあきらめて、民間企業に就職した。働きはじめて、彼にわかったことは、社会で生きていく上で、学位など何の役にも立たないということだった。

埼玉県熊谷《くまがや》市のはずれ、林の中に三階建てのビルがある。A研究所という、害虫駆除や水質検査を行っている民間企業だ。水曜日の午後九時。私は通りをはさんだ向かいに立っている。江藤が出てくるのを待っているのだ。仕事が終わってから彼の家に着くまでの間、話をきかせてもらうことにしている。

建物の二階の灯《あか》りが消える。少ししてビルの横のドアから江藤が出てくる。私の方に走ってきて、お辞儀をする。

「遅くなってすみません」

「どうも、お疲れさま。江藤さんが最後なんですか」私がきく。

「要領が悪いから」江藤が口ごもりながらいう。「なかなか終わらないんです」

チェック柄のシャツの裾《すそ》をジーンズに押し込み、黒のベルトでギュッと締めている。度の強い大きな眼鏡をかけ、眉毛に白いものが目立つ。外見をあまり気にしていないらしい。

江藤が最初に働いた民間企業は、実験用の鼠《ねずみ》を飼育する会社で、九年近く勤めた。労働時間が長く不規則で、体がきつくなったので辞めた。次にこのA研究所に入った。今年で二年目になる。

江藤は、両親と看護師の妻、中学校二年生と小学校六年生の息子たちの六人で暮らしている。

私たちは人通りの少ない道を歩いている。虫の鳴き声が耳を覆う。

いまの会社に入って、江藤は害虫駆除の部に配属された。

「虫だったらある程度できると思ったんです」江藤は肩を丸め、下を向いて歩いている。

「だけど、分類ができなかった。ネバネバした紙に貼りついた虫を種類別に数えるんです。頭がとれてたり、つぶれちゃったり、足が横になったりで、姿形が変わっちゃって、わかんないんですよ。十五分で全部数えろっていうんです。よっぽど野外の研究に慣れた人ならできるんでしょうけど、ボクみたいに室内にこもって、飼育した昆虫を研究してた者じやダメなんです。違うんですよ分野が。内科と外科ぐらい違う。それが会社にはわかってもらえない。害虫学やってたんだからわかるだろうって。研究というものは細分化してて、ほんの針の先ほどのことしかやってないんです」

害虫駆除の部では役に立たないと判断され、次に鼠を駆除する部にまわされた。

「殺鼠剤《さっそ》を撒くために」江藤の声が大きくなる。「天井裏にあがったんです。梁《はり》の上に体を持ちあげようとしたときに、ドスンって落ちた。そのときに天井板がはがれたらしいんです。ボクは気がつかないでそのまま帰った。で、『お前んとこの社員は天井打ちぬいても、ウンともスンともいわないぞ』って、担当の営業がお客さんにどなられたらしいんです。会社に戻ってきて、カンカンに怒って、『あんたはもう現場に来なくていいから』って」

「現場には出ないことになったんですか」私がきく。

「そうなんです」

大きな通りに出る。江藤はバス停のところで立ち止まる。午後九時過ぎ、バスの本数は少ない。タクシーの運転手が私たちの方を見て、スピードを緩めながら通り過ぎる。江藤は話に夢中で、タクシーなど目に入らないようだ。

彼は会社の車を何度もぶつけたという。

「駅前でイベントやってて、忘れ物を届けてくれって連絡が入ったんです。車に積んで、車庫を出ようとしたら、お腹をこすった。もう一回は、お客さんのところに検査用の水を取りに行って、駐車している車にコツンとぶつけた。免許は持ってるんです。だけど、ほとんど運転したことのないペーパードライバーだったから……、とにかく不注意」

「社長が、『キミはできないことが多すぎる。だから、一度解雇する。その後、再雇用するから』って、給料を半分にされた。手取りで十七万です。ひどいでしょう」

バスが来る。私たちは乗り込む。彼はカードをかざし、私は番号札を取る。私たちの他に乗客はいない。二人席に並んで座る。バスは暗い道を走る。乗降客がいないので、次々にバス停を通過していく。


現在、江藤は水質検査の仕事をしている。手書きの依頼書をパソコンに入力し、現場の人が採取してきた水を依頼項目に従って検査し、その結果を成績表にして、請求額を記入し、署名して、会社の判を押し、発送する。

「液体クロマトグラフという検査機器があるんです」江藤が人差し指で眼鏡を押し上げる。

「分析結果がパソコン上に出るんですが、それがうまくいかない。上司はボクより若いんですけど、彼は『順番通りやればいいんだよ』って。ボクがやるとグラフが出てこないんです。そういうと、彼は『そんなことありえないでしょう』って。ボクには何が起こってるのかわからないから、ひたすら動揺するばかりです」

「研修は受けたんですか」私がきく。

「五十人規模の中小企業ですから、研修なんてないんです。口頭で教わっただけです」

「そのときにメモを取らなかったんですか」

「取りました」彼が両手で頭をかかえて恥ずかしそうな仕種《しぐさ》をする。「情けないことに、自分で書いたメモが読めないんです」

〈嘘のつけない正直な人だな〉と私は思った。

「プリンターがフロアーの隅の方にあるんです」江藤は溜《た》まっていたものを吐き出すように次々に話す。「そこに行く間に、いろんな用件が挟まったり、電話がかかってきたり、あっちに呼ばれ、こっちに呼ばれしているうちに忘れちゃうんです。そうすると別の書類が上に重なるでしょう。その書類を取りに来た人から、混ざってたって怒られるんです」

バスが熊谷駅に着く。私たちはバスを降り、駅に向かって歩いていく。

「中小企業なんで」江藤が歩きながら話す。「いろんなことをしなきゃいけないんですけど、ボクは事務的なことが苦手なんだってよくわかりました。日付を間違えるとか、請求書を二通送っちゃうとか、こんなことやっては、絶対いけないってことをやってしまう」

私は、話し続ける江藤をさえぎって、夕食はとったんですかときく。まだだという。どこか食堂でも入りましょうというと、喫茶店でいいといって、ドトールコーヒー店に入っていく。彼はケーキとコーヒーを、私はホットドッグとコーヒーを注文した。店内は意外に混んでいる。私たちはカウンター席に並んで座った。

「同じ作業をしても、Aというお客さんとBというお客さんでは値段が違うんです。知らなかったんです。営業した人によって値段が変わってくるってことを全然知らなかった。それで同じ額の請求書を送っちゃったんです」

「それは営業が教えてくれないといけないですよね」私がいう。

江藤はケーキをほおばっている。

「『いっただろう』って営業にいわれると」彼が食べながら話す。「自信がなくなっちゃう。ボクは、自分が物忘れのひどいことを知ってるから自信がないんです。ちょっと口ごもっていると、そういうモゴモゴした態度が、こいつごまかしてるなって思われるらしい。営業部長に始末書を書いて出せっていわれました」

「『同じ請求書が二通も来たけど』とか『野田《のだ》支店のものがウチに来てるぞ』とか『至急

っていったのにまだ来てないんだけど』といった電話に対して、全部、窓口の事務の女性が謝るもんだから、アイツのせいで、私がこんな嫌な思いしてるって感じで、怒りが爆発しました」

三十代の事務の女性が江藤のところまでやってきて、机をドンと叩《たた》いて、大声で罵倒《ばとう》した。

「怒られてるのはわかるんですけど、うまく意味がききとれないっていうか、怒られるとボクの感情がおかしくなって、ぼーっとしちゃうんです。だからよけいに向こうは、ボクがシレッとしてるように見えるんでしょうね。怒りがおさまらない」

「それ以後、誰かがボクの方に来ると、心臓がキュッとなるんです。あっ、また何か失敗したかなと思って」

私たちはドトールコーヒー店を出て、駅構内に入る。改札口を通り、階段を降り、上りのプラットホームに立つ。江藤は、すいてるからいつもここなんです、といって七番という番号のところに立ち、鞄を下に置く。私は彼の横に並ぶ。

「大学にいた頃は、そういうミスは起こさなかったんですか」私がきく。

「ないことはないと思います」江藤は少し考える。「でも、あのときは、他人に迷惑をかけてない。全部自分で背負えばよかったから、まだ気が楽だった」

「どうして、日付を間違えるとか、請求書を二回出すとか、簡単な間違いを起こすんですか」

「注意力が切れるんです」江藤が真剣な目をして私を見る。「ビデオを早回ししているような感じ、無意識のうちにプツプツって切れてる。どっか頭の中のフィルターが、普通の人に較《くら》べて粗いんです」

私は、彼のいったことを自分の実感に即して理解しようとする。私もよく不注意で失敗をした。早とちりが多かったと思う。キチンと理解する前に、わかったつもりになってしまうのだ。フィルターが粗いとは、そういうことだろう。

スピーカーから、入線する電車が一番早く上野《うえの》駅に着きます、というアナウンスがある。

「一応」江藤が眼鏡をハンカチで拭《ふ》きながらいう。「研究者になろうと思ってやってきたもんですから、事務的なことはほとんどやらなかった。研究はひらめきが大事で、そっちに全力投球してた」

電車が入ってくる。車内はすいている。四人がけのボックス席に向かい合い、左右にずれて座る。電子音が流れてドアが閉まる。私は自分の横に鞄を置き、足を組む。彼はそろえた膝《ひざ》の上に鞄を載せている。

「結局」江藤が手を口にあててあくびをする。「研究も、能力がなくて、中途半端に終わったんです。研究者をあきらめて、何が残ったかっていったら、何にもできない、赤ん坊みたいな裸の中年でした」

「でも」私がいう。「博士号をもってるってことが、どこかで自分の誇りになってるんじゃないですか」

「なってません」彼がきっぱりと答える。「博士号をとれば、そこまでやれたということが、自分の自信になってくれるだろう、自分を支える杖《つえ》になるだろうと思ってたんです。だけど、そんなことはまったくなかった」

電車は暗闇《くらやみ》の中を走っている。

「自信というものは」江藤がボソッという。「肩書きがあろうとなかろうと、関係ないところで成り立つものらしいですね。ボクはいまだに自信がなくておどおどしている。正直なところ、会社に行くのがこわいんです」

「……」私は何といっていいかわからないでいる。

電車がガクンと揺れて、逆方向の電車とすれ違う。ガーッという音が続く。電車が去り、静かになる。

「落ち込んだとき」私がいう。「自分の気持ちを立て直すにはどうしてるんですか」

「そうですね」彼は鞄の上の手を見つめて考えている。左手の薬指に銀色の指輪をはめている。「日記を書いて気持ちを整理してますね。帰りのこの電車の中で書くんです」

そういうと江藤は鞄の中から一冊のノートを出して私に渡す。

「見てもいいんですか」私がきく。

「フフフ」彼が小さく笑う。「バカなことを書いてますけど、どうぞ」

ノートを開くと、どのページも活字のような角張った字でびっしりと埋まっていた。

○月○日　会社での失敗に「思い込み」がある。自分なりの考えで動いているが、それが常識を逸脱しているらしく、指摘をうけて、恥ずかしい思いをする。そして必ずいわれる。「なぜ、きかなかったのか」と。自分としては疑問の余地なく正しいと思ってやっていたのだ。

○月○日　生活者として自分は不器用に育った。電話の応対がうまくできない。人づきあいが下手で友だちがいない。スーパーマーケットで必要なものを探すのに時間がかかる。せめて、人並みになりたい。

○月○日　昨日は、一日六件のミスを指摘された。驚いてしまう。何が自分に起こってる？　「仕事を覚えられないのは、あなたにとって難しいからか」と問われ、答えに窮した。難しくはない。あわただしくて、正確な情報処理ができないのだ。
○月○日　私のような半端者でも、人前でどなられれば傷つく。いやな気分になる。それくらいのことは彼らの中の常識にないのか。それとも、そんな常識がすっ飛んでしまうほど、私のミスは許しがたいものなのか。
私はノートから顔を上げて江藤を見る。彼は寝ていた。頭が膝につくほどに体を折り曲げている。

江藤は会社の仕事に適応できていない。真面目に取り組んでいるのだが、失敗ばかりする。それで上司や事務の女性に怒られている。さらに給料も下げられた。会社は彼に辞めてもらいたいかのようだ。

会社が生き残るためには、費用を下げて利益を多くし、他社に負けないようにしなければならないのかもしれない。そのためには、足を引っぱる社員はいらないということか。

しかし、江藤だって生きていかなければならない。
○月○日　会社の連中に憎まれ、疎まれ、それでかつかつ生きてるのが実にバカバカしく思えてくる。辞めたい。しかし、辞めても、失業率最高の現在、どうやって生きるかと思えば、結局、うなだれてしまい、いまの仕事をやるほかない。
○月○日　多数の人間に追いつけない私のような人間は、いったい何を支えに生きていけば良いのか。
○月○日　会社をサボる。理由は簡単。作業服を忘れたのだ。取りに帰っても遅刻する。そこまでして働く意欲もない。
○月○日　妙な具合の息苦しさ、比喩《ひゆ》ではなく、本当に喉《のど》がつまったような感触がある。会社が嫌だ。つらい。
○月○日　何をこんなにあくせくしなければならないのだろう。車窓に映った自分の胸板がうすいことにあらためて気づく。今日は一時には床につきたいものだ。
○月○日　よく想像する。足をハリガネで縛っておき、重いリュックを背負って、後ろ手にオモチャの手錠をして、飛び降りて首を吊ること。夜、家路につく道すがら考えている。

ノートのページというページから江藤の叫び声がきこえてくる。
私はノートを閉じた。
彼は自分の声をノートの中に閉じ込めている。だから、会社の人間で、江藤の悲鳴をき

かを知らない。
我慢している人がいる。おそらく、同じ職場の優秀な人たちは、彼らの内面がどんなもの
多くの職場で、怒られてじっと黙って仕事をしている人がいる。能力がないといわれて
いた者はいないだろう。

江藤は窓にもたれて寝ている。まぶたも頬も首筋も、疲れて重く垂れ下がっている。

私の中に、彼に対する親しい感情が湧きあがってきた。

ガクンと電車が揺れる。

江藤が顔を上げる。手で口元をぬぐう。私を見て恥ずかしそうに笑う。一瞬、少年の顔になった。

「ねえ」私はノートを返しながらいう。「江藤さんは高校生のとき、自分の将来をどう描いてましたか」

「高校生のときですか」江藤が目を細める。「進学校に行ってたし、勉強も嫌いじゃなかったから、漠然とですが、将来は中の上くらいの暮らしをしてるかなと思ってましたね。世の中もボクを受け入れてくれて、それなりに処遇してくれるだろうって。甘かったです」

浦和《うらわ》駅に着く。私たちは電車を降りる。階段を下り、地下道を歩く。数人の人たちが足音を響かせている。階段を上がり、改札口を出る。駅前の道路を横切り、小さな商店街の通りを歩く。どの店もシャッターが下りていて、外灯だけが道を照らしている。

「江藤さんが」私がいう。「幸せだなって感じるのはどんなときですか」

「奥さんがいい人なんです」江藤が照れて笑う。「ボクがちぐはぐなところのある男だということや、世の中に受け入れられてないということが、全部見えてるはずなんです。でも、批判めいたことはいわない。いっしょにいると気持ちが楽になるんです」

商店街を抜けて、住宅街に入る。車の音が消える。あたりが暗くなる。古い家が並んでいる。樹木の香りがする。

〈この道を歩いているときに、彼は首つり自殺のことを考えていたんだ〉

左に曲がり、細い道に入る。二階建ての家が並んでいる。

「あそこです」五メートルほど先の家を江藤が指さす。二階の窓が明るい。子ども部屋なのだろうか。

「自殺しないで下さいね」私がいう。

「えっ」江藤は一瞬びっくりした顔をして、それからニコッと笑った。

「はい」

○月○日「そんなんで、よくいままで生きてこれたな」と営業部長にいわれた。自分の命は自分にとって唯一無二のものなので、そこにズカズカと入り込んで干渉するのは少し無礼なことだ。周りがどんなにいおうが、私の命まで責任を持ってくれるわけではない。私は私の好きなように、生きやすいように生きてもいいはずだ。したり顔の通念や道徳は命と較べれば何するものぞ、である。

「婚活」しても結婚できない

六畳の部屋いっぱいに楕円《だえん》形に敷かれた線路の上を八両編成の電車が走っている。植田《うえだ》孝一《こういち》（三十六歳）は、畳に顔をつけるようにして電車を見ている。植田はいわゆる「鉄ちゃん」と呼ばれる鉄道オタクだ。この歳になるまで女性とつき合ったことがない。彼は都内で生まれ育ち、工業高校を出て、東京都の職員になった。三十歳のときに、親に頭金を出してもらって一戸建ての家を買った。仕事は安定しているし家もある。たりないのは嫁さんだけだ。

三十三歳のときに結婚相談所に入会し、二年間で十回お見合いをした。全部ダメだった。

「気に入った人はいなかったんですか？」私がきく。

「いましたけど、向こうから断られちゃうんですね」植田が笑う。

「どうしてですか？」

「さあ、私の外見が良くないからでしょうかね」植田が笑うと、大きな縁の眼鏡の奥で目がへの字になる。小説家の大江健三郎《おおえけんざぶろう》に似ている。

結婚相談所の女性に、「植田さん、調子に乗ってオタクの話をするからダメなんですよ」といわれた。

三十五歳になったときに結婚相談所はあきらめ、インターネット結婚情報サービスの会員になった。会費を払うと、自分のプロフィールを公開でき、女性会員のプロフィールを見ることができる。気に入った人がいれば、サービス会社経由でメールを送ることもできる。植田は自分のプロフィール作成にあたって、趣味の欄に音楽とか旅行と書き、鉄道のテの字も出さないようにした。

その後、待っていたが、いっさいメールは来なかった。こちらからメールを送っても断りの返事が来るばかりだ。

「これだけやっても」植田が頭をかいて笑う。「誰からも相手にされないんだから、もう、一生結婚できないって思った方がいいのかもしれませんね」

二〇〇五年の国勢調査によると、三十代前半で、男性は二人にひとり、女性は三人にひとりが結婚していない。その人たちの約九十％が結婚したいと思っている。

結婚したいと思っているのに、なぜ結婚できないのだろう？

『希望格差社会』の著者、山田昌弘《やまだまさひろ》は、主要な原因のひとつとして経済格差の問題をあげている。非正規雇用の人たちが増え、また正社員でも給料が上がらず、収入が少なくて結婚できないでいるのだ。

経済格差については社会政策によって改善するしかないのだが、社会政策は今すぐ実行されるわけではない。そこで、収入の低い男女が結婚するには、「男は仕事、女は家庭」という考えを捨てて、共に働き、共に家事・育児をするようにしなければ無理だろうと山田は結論づけている。

山田のこの考えは、「婚活」している人たちに伝わっているのだろうか。

中山千絵《なかやまちえ》（三十八歳）は建設会社で事務員として働いている。二年前から積極的に合同コンパ（合コン）やお見合いパーティに参加してきた。好みの男性は何人かいたが、メール交換はしても、つき合うまでにはなっていない。彼女は目を惹《ひ》くような美人ではない。

「自分の魅力はどんなところにあるとお考えですか」私がたずねた。

「やさしいところだと思ってます」彼女がニコッと笑う。「以前つき合っていた彼氏がそういってくれたから」

二年前まで中山には恋人がいた。彼女が働いている会社に、彼は派遣社員としてやってきた。仲良くなり、七年間つき合った。七年間でわかったことは、派遣社員の彼の給料は増えていかないということだった。三十代後半になり、結婚して子どもを産みたいと思ったとき、彼の収入では無理だと中山は考えた。彼女は意を決して彼と別れた。

「いくら気持ちがピッタリ合ってても」彼女がいう。「お金のない人と結婚したら自分が不幸になるでしょう」

「相手の方の年収がどのくらいならいいんですか?」私がきく。

「こんな時代ですから、贅沢《ぜいたく》はいえないですね」彼女が少し考える。「私がパートやって、生活できるくらいなら……」

中山はいまの仕事を続ける気はないらしい。彼女にとって、結婚するとは専業主婦になることなのだ。

「年収が三百万円ぐらいだったらどうですか?」

「いやー」彼女が大きな声を出して笑う。「それはないでしょう」

こんなデータがある。東京に住んでいる未婚女性の約四十%が結婚相手の年収は六百万円以上でなければイヤだと思っている。それに対して未婚男性の中で年収六百万円以上の人は、わずか三・五%しかいない。女性たちは一部の男性に集中し、ほとんどが結婚できず、一方、低収入の男性は見向きもされないのが現実だ。

　婚活中の女性の多くは、派遣社員の男性と共働きでいいから結婚しようなどとは考えていない。


　稲葉義男《いなばよしお》（三十八歳）は東京大学を出て、大手銀行に入り、いまはコンサルティング会社に勤めている。ニューヨークに六年間住んでいた。

「アメリカでは」稲葉がいう。「みんな明るくインターネットの結婚情報サービスを使ってましたね。日本人も含めて。友人の紹介よりいい人が見つかりやすいって。私の親友もそのお陰で結婚したんです。米国人ですが」

　稲葉は二年前に結婚情報サイトの会員になった。プロフィールの年収の項目は最高の二千万円以上で、相手への希望は、海外で暮らした経験のある人としている。

「どうして三十八まで結婚できなかったんだと思ってますか？」私がきく。

「親からもまったく同じことをいわれます」稲葉が苦笑する。「でも、そんなに焦ってません。ここまで待ったのも、広い世界からいい相手を見つけたいからなんです。元カノより納得できる人をね」

　稲葉の元には月に二、三通は女性からメールが来るという。冒頭に紹介した植田の場合、女性からのメールはまったく来ないし、彼の方からメールを送っても断りの返事しか来なかった。インターネットサービスの利用者の多くが、メール交換はできても、会えるようになるのはかなり難しいといっていた。

「そうかな?」稲葉が首を傾げる。「僕は会ってみなければわからないという考えだから、一、二回メールしたら、会いましょうっていうんです。それでだいたい会えますけどね」

彼はいままでに七人の女性と会った。どの女性も素敵な人だった。が、結婚したいとまでは思えなかったという。

「素敵だなと思える人でもダメなんですか?」私がきく。

「結婚相手だから、この人だっていう人じゃなきゃ難しいんです。女性の方も同じ思いでしょう」

稲葉の目の前にはたくさんの素敵な女性がいる。それだから逆に、選ぶのが難しいのかもしれない。

可能性だけを考えたら、それこそ星の数ほど相手はいるのだから、選ぶなんて不可能だ。

小笠原清《おがさわらきよし》(三十八歳)は大手出版社の営業部員だ。私がその会社の編集者の女性に、婚活について取材しているといったら、この人こそミスター・コンカツだといって紹介してくれた男性だ。日に焼けた顔をしていて笑うと白い歯が目立つ。二枚目だ。

「おそらくボクはこの二年で、二百人以上の女の子と会ってます」と小笠原が笑う。

彼は毎週のように合コンに参加している。

「わざわざ合コンしなくても、社内に魅力的な女性がたくさんいるんじゃないですか?」

私がきく。

「うーん」小笠原が目を天井に向けて社内の女性たちを思い浮かべ、それから白い歯を見せて笑う。「いますね。でも、リスクが高すぎます。いいなと思う子がいて、告白して、イヤだっていわれたら、翌日から気まずくなるじゃないですか」

一九八五年に成立した男女雇用機会均等法以後、女性の本格的な職場への進出があり、セクシャル・ハラスメントという言葉が定着するなど、職場は恋愛の生まれる場ではなくなったのかもしれない。


奈良県が少子化対策として行っているお見合いパーティを見学した。対象者は三十歳から四十三歳の独身男女。場所は奈良市内の高級レストラン。

六人がけのテーブルに男女が向き合って座っている。男性十五人、女性十三人。

中年女性の司会者が進行手順を説明してから始まる。

向かい合った男女が、年齢、職業、趣味などを書いたプロフィールの紙を交換する。それを見ながらお互いが質問する。いっせいに話しはじめたので室内は急にガヤガヤしだした。

チリン！　鈴が鳴る。潮が引いていくように話し声が消えていく。一組の会話時間は三分と決まっている。「プロフィールを相手の方に返して下さい。男性はグラスを持ってひとつ右に移動して下さい」司会者がいう。

男性たちがいっせいに隣の椅子に移る。そしてまた三分間のおしゃべりが始まる。好きな食べ物や趣味、住んでいるところや仕事など、表面的な会話があっちでもこっちでも交わされている。

一巡すると、バイキング形式の食事になり、自由に交流する。食事を少しだけ取っていち早く好みの女性の前に座る男性がいるかと思うと、料理を取りすぎて相手にあぶれてひとりで食事をしている女性もいる。

食事が終わり、女性から気に入った男性のところに行って良いことになる。三十分後、今度は男性が気に入った女性のところへ行く。

三十歳の女性の前に三人も男性が群がっている。他はなんとなくカップルになっている。ただひとり、四十一歳の女性の前にだけ男性がいない。おっとりとした下ぶくれの美人だ。

目の前のコーヒーカップをじっと見つめている。周りでは男女の会話がはずんでいる。下ぶくれの頬が赤くなっている。あっちこっちで笑い声がはじける。三十分間、ひとりぼっちの彼女はコーヒーカップだけを見つめていた。顔全体が赤くなり、耳まで真っ赤になっている。

最後に、全員元の席にもどり、自分の好みの人の番号を第三希望まで小さな紙に書いて、司会者に渡す。男女で一致すれば、カップルが成立する。この日成立したカップルは五組。下ぶくれの美人は入っていなかった。

パーティが終わると、彼女はサッサッと出口に急ぐ。私は彼女を追いかけて、話しかけた。

「こういうお見合いパーティに参加されるのは何回目ですか？」

「十回目です」彼女が小さな声で答える。

「失礼ですけど、最後におひとりで座っていたでしょう」

「あんなの初めてです」

「あの時、どんなこと考えてましたか？」

「今日はうまく自分のこと話せなかったなって思ってました」

「つらくなかったですか？」

「べつに」

あとから出てきた人たちが私たちを見ながら追い越していく。なお、私が質問しようとすると、

「すみません」といって、彼女は小走りに去っていった。

婚活は一種の選別だ。選ばれる人がいれば選ばれない人もいる。収入が低くて相手にされない男性がいるし、年齢が高くて声のかからない女性がいる。また、見た目の魅力がなくて無視されつづけている男女もいる。

選ばれなければ、それも何度も選ばれなければ、人は傷つく。

最後に、冒頭に紹介した鉄ちゃんの植田孝一のその後を報告する。

インターネット結婚情報サービスの会員になった植田は、「女性はオタクが嫌いですよ」という結婚相談所の人の忠告を守って、鉄道好きを伏せてプロフィールを作った。が、半年経っても女性からのメールは来なかった。

そんな頃、インターネット結婚情報サービス会社主催のパーティがあった。行ってみた。そこでサービス会社の広報担当の女性と会った。植田は彼女に婚活がうまくいかないという話をした。三十分ほど広報担当にきかれるままに自分のことを話した。広報担当はこう

いった。

「植田さんの鉄道の話、すごく面白いです。ぜひ、趣味の欄に鉄道って書いて下さい。百万人会員がいるんですから、鉄道の好きな女性もきっといますよ」

植田はプロフィールを作り直した。鉄道が好きだと書いたし、自分で撮影した鉄道の写真も載せた。

プロフィールを変えてから、メールが来るようになった。そのうちのひとりと気があった。彼女は職場の異動で大阪から東京にきたばかりだという。「東京にも京橋《きょうばし》があるんですね」とメールが来た。

「あります。日本橋もあります。ただし、ニッポンバシではなくニホンバシです」と返信した。

「身長百七十七センチなんです。まじ引きませんか?」と彼女。

彼の身長は百七十センチ、彼女の背の高さにちょっと驚いたが、

「どちらかというと背の高い人の方が好みです。私は鉄ちゃんなので、地下鉄とJRを使って、一日で東京の名所をご案内できます」とメールした。

「私は時代小説が好きなので、人形町《にんぎょうちょう》とか深川《ふかがわ》に行ってみたいです」と返事がきた。

携帯電話の番号を教え合い、電話で話し、初デートの約束をした。彼は都営地下鉄の一

日パスを用意し、綿密な行動スケジュールを立てた。

デート当日、浅草《あさくさ》も蔵前《くらまえ》も八丁堀《はっちょうぼり》も、すべて彼女は興味を示した。うれしそうに「鬼《おに》平《へい》犯科帳《はんかちょう》」や「居眠《いねむ》り磐音《いわね》」の話をしてくれた。なにより驚いたのは、彼女の方から彼の手を握ってくれたことだった。

植田がこの話をしたとき、目をへの字にして笑いながらこういった。

「生きてて良かったですよ」

しかし、この話には後日談がある。


先日、植田から電話があり、彼女と別れたという。

両方の親に会いに行き、結婚しようということにまでなっていたのに、子どものことで対立した。植田は子どもが欲しいといい、彼女はいらないといった。それで別れたという。

「なにも別れなくても……」といいかけた私に、

「お互い条件の合う人を探そうということになったんです」と植田がキッパリといった。

条件でつき合いはじめる婚活は、条件が違えば簡単に別れるのか、と思った。あんなにうれしそうだったのに……。

中山千絵はやさしいところが好きだといってくれた派遣社員の彼をふった。稲葉義男は元の恋人よりも良い人がいるはずだと信じている。小笠原清は今度こそ素敵な人が来るんじゃないかと思って合コンをやめられない。植田孝一はやっと出会った彼女だったのに条件が合わないからと別れた。

彼らに共通するのは、探せば理想の相手と出会えると思っている点だ。そしてこれが婚活ブームがふりまいてきた気分だ。この気分は目の前に相手がいるときに、もっと良い条件の人がいるのではないかと耳元でささやく。こうして、いつまでも相手探しをつづけることになる。相手を断り、自分も断られつづけることで、婚活をしている人たちは心の奥底で傷ついている。

婚活は、結婚への近道のように見えて、逆に結婚を遠ざけていた。

タクシー会社25時

「火曜日なんて最初のお客乗せるまでに一時間だよ、やんなっちゃった」

「そんなの最近じゃ普通だよ」

「この分じゃ給料日、がっくりきそうだな」

「くよくよしてたら病気になっちゃうぞ」

「なるようにしかならないんだからさ」

「母ちゃんに、あんた何してんのよっていわれて自殺したヤツいたからな」

「ローンかかえてたんだろう？」

「酒の勢いでマンションから飛び降りたってきいた」

「奥さんもな、しっかりしろったって、この商売はしょうがねえんだよ」

「お客さんが金額のはるとこに行ってくれないとさ」

「そんな客いまどきいないだろ」

ここはタクシー会社の休憩室。ストーブがガンガンと焚《た》かれ、スタンド式の大きな灰皿があり、音を消したテレビが天気予報を映し、換気扇が音をたてて回っている。十人前後の男たちがコーヒーカップを手にタバコを吸いながらおしゃべりをしている。

十二月二十四日の朝から二十五日の朝まで、私は都心にあるタクシー会社を取材した。

二十四日午前六時。

空はまだ暗い。黄色の車が次々に駐車場に入ってくる。駐車場は小学校のグラウンドぐらいの広さで、半分くらいが車で埋まっている。

駐車場を囲むように三階建ての建物がLの字に建っている。Lの字の横の線のところに事務室があり、縦の線が整備場になっていて、直角のところに休憩室がある。

管理事務の人たちが出勤してきて、事務室の中が活気づく。運転手たちもひとり、ふたりとやってきては事務室を覗いて、休憩室の横の階段を登っていく。

「うっす！」真っ赤なニット帽にミッキーマウスの模様のセーターを着た男が挨拶をする。

「おはよう」事務室のカウンター内の人たちが答える。

階段を上がるミッキーについていく。歳をきくと、六十六歳、この会社に四十六年勤めているという。三階に上がり、ドアを開ける。更衣室だ。

「うっす！」ミッキーはブーツを脱いでカーペットの床に上がる。自分のロッカーから制服を持ってきて、広いところにドサッと置く。近くのロッカーで一昼夜働いて戻ってきた若い男が着替えている。

「昨日はどうだった？」ミッキーがきく。

「ダメですね。今日はイブだからいいんじゃないですか」若い男が靴下をはきながらいう。

「どうかな、不景気でクリスマスはみんな家でやるらしいよ。昔はさ、パー券買って、三角帽子かぶってやってたんだよな」ミッキーが持ってきた荷物を置く。

「それ弁当ですか？」私がきく。

「そうだよ。全部自分で作ってんだ。女房に先立たれるとたいへんなんだよ」

「亡くなられて何年ですか？」

「一年半だよ」

「じゃ、お先に」キャップをかぶった若い男が更衣室を出ていく。

ミッキーはワイシャツを着て紺とグレーのレジメンタルタイを結び、紺のズボンをはいてグリーンのブレザーをはおる。これが制服。ミッキーがロッカーにセーターをしまっている。

「そのセーターと帽子、クリスマスイブだからですか」私がきく。

ミッキーがうなずいてニコッと笑う。

着替えた運転手は事務室に行き、タイムカードを押す。カウンター内の人に運転免許証を見せ、ストローを口にくわえてアルコールチェッカーに息を吹き込む。問題ないと「乗務記録書」を渡される。両替機で五千円分を百円玉に替える。それらを透明のビニール袋に入れ、事務室を出て、休憩室の横のボードの名札をひっくり返す。その上に「本日の売上げ目標¥五三〇〇〇」と書かれた黒板がある。

リン！　リーン！　ベルが鳴る。

「点呼！」と管理事務の若い男が叫ぶ。制服を着た運転手たちがぞろぞろと事務室前に集まってくる。

点呼の後、体操を行い、全員で唱和する。

「どうぞ、どちらまでまいりますか」「お忘れ物はございませんか」「ありがとうございます」

常務がみんなの前に立つ。オートバイとの接触事故の注意やスピード違反の取締をしている道路情報などを伝えてから、こういう。

「『運転手がガムをくちゃくちゃ噛《か》んでて態度悪い』って脅しに近い電話がかかってきま

した。眠気を覚ますためにガムを噛むのはいいのですが、こわもてのお客様が乗ってきたらすぐに飲み込んで下さい。以上」

運転手たちは自分の車に向かって歩いていく。

空は白くなり、駐車場は戻ってきた車でいっぱいだ。

整備の人が前に立って一台一台門まで誘導していく。常務が黄色の旗を持って門の前の道路に立ち、交通整理をしている。門を出た黄色の車は、一般車の列に加わり、すーっと遠ざかっていく。こうして、第一陣二十三台が出発した。

この後、同じように八時に第二陣、九時に第三陣と出ていった。

出ていった車が戻ってくるのは二十五日の午前四時頃だ。タクシー運転手は一昼夜働くと、翌日の一昼夜を休む。休んでいる間、同じ車は別の運転手が乗っている。この会社の車は九十五台、事務職員も含めて従業員は二百六十名、タクシー業界の中では中堅だ。

私は街に出て時間をつぶし、夕食後に戻ってきて、仮眠室で寝た。

二十五日午前四時。

携帯電話の目覚ましで起き、顔を洗って外に出た。空は真っ暗。星が見える。空気は耳が痛くなるほど冷たい。事務室の蛍光灯の明かりが駐車場にこぼれている。黄色の車が一台、二台とゆっくりと戻ってくる。夜の光の中で車体がキラキラと輝いている。

長靴を履いて、ホースを手に車を洗っている男がいる。話をきくと、運転手だが、早く帰ってきて他人の車も洗っていて、一台につき千円で請け負っているのだという。そう話す男の息が白い。

私は事務室に入っていき、カウンターの中にいる宿直の事務職員に挨拶をする。戻ってきた運転手はタイムカードを押し、運行記録を書き、売上げの精算をする。三人の運転手が黙々と作業をしている。

事務室を出て、休憩室に入る。ムッとする温かさだ。三人の運転手がタバコを吸っている。

「どうでしたか」私がきく。

「いやー、ひどかったね」

「いないもんね」

「お客がいるときは疲れないけど、いないと疲れるな」

「途中で何回も寝たよ。やだなー、もう帰りたいなと思って」

「最近、ぶっそうだから、この時間帯であがることにしてるんだ」

「危険なのは三時から四時ね、マスクをかけて帽子かぶってたら止めないよ」

ドーナッツ型の座ぶとんをかかえている男がいる。話しかけた。

座ぶとんは六十一歳、ここにきてまだ半年だ。前はオフィス機器のリース会社の営業だった。去年突然、自分より若い上司に、嘱託で残るか退職するか決めてほしいといわれた。リストラだと思った。長年勤めてきたのに、会社の冷たい仕打ちに腹が立った。妻と相談して退職した。

「毎週毎週の営業ノルマがつらかったですね」座ぶとんが眉根にしわをよせる。

「タクシー運転手になってどうですか」私がきく。

「楽です」彼が笑う。「一歩表に出れば、自分が社長みたいなもんですからね。ただ、お客さんともめようと何しようと、自分ひとりの力でさばいて、帰って来なきゃいけないってことはありますけど」

「それは?」私が座ぶとんを指差す。

「痔《じ》なんです」彼が座ぶとんの上に座って見せる。「手放せないんですよ。長時間座ってる仕事だから」

休憩室を出る。駐車場の端にあるプレハブに灯りが点《とも》っている。労働組合の部屋だ。私はノックをして入る。日に焼けた顔に白い縁の眼鏡をかけた男がいる。組合の委員長だ。五十二歳、この会社にきて十五年になる。

タクシー業界は失業対策的な面があって、昔も今も会社をクビになった人を受け入れている。二十年前、組合員の平均年収は七百万円くらいだったのが、現在では三百万円程度に下がっているという。

「ところで」と委員長は、ボーッと話をきいていた私の顔を見ていう。「どんな取材できてるんですか?」

「ああ、あの……」私は答える。「タクシー運転手の喜びや悲しみについて知りたいっていうか……」

「私の個人的な感じなんですけど」委員長が駐車場の方を見る。「みんな、なんらかの失敗をしてここに来てます。そんなこと誰も話しませんし、組合としてもきいたりはしませんけど」

委員長は立ち上がると、インスタントコーヒーを淹《い》れ、私と自分の前に置く。

「いただきます」私は一口飲む。「委員長の失敗は何ですか?」

「昔のことです」

「ええ」

委員長は麻雀《マージャン》に狂い、借金をつくり、家庭を壊したのだという。

「ごめんねといいながら、金をかき集めて、夜中タクシーに乗って雀荘に行った。ひどいですよ」委員長がいう。

「なんでそれほどのめり込んだんですか」私がきく。

「地獄を見たかった」彼が真剣な目つきで私を見る。「行くとこまで行ってみたい、破滅したいという気持ちがあった」

「……」私は無頼派という言葉を思い浮かべている。「地獄を見ましたか」

委員長がにやっと笑う。「上原さんはギャンブルやりますか？」

「いえ」

「やったことのない人にはわからないと思います」

私が家庭を壊したいきさつを詳しくきこうとすると、

「これ以上は勘弁して下さい」といい、少しこわい顔になった。「思い出すと自分が許せなくなるんです」

「ギャンブルです」


午前五時。

休憩室のメンバーは入れ替わっていて、八人になっている。

「あーあ、今年も終わりかよ」

「大井《おおい》は二十九日か」

「二十八日かなんかナイターやるんですよね」

「三十一日じゃなかった？」

「今年の有馬《ありま》記念はわかんないよね」

「むずかしい。ブエナがどうかってことだな」

競馬の話題で盛り上がっている。

二十四日の朝、出かけるときに、アルコールチェックに引っかかって、歯を磨いて、もう一度検査をした男が戻ってきた。私は話しかけた。

「ああ、あれ」男が頭をかく。「夜飲んだ酒がちょこっと残ってたんだね」

男は五十五歳、青森県の警察官だったという。

妻がカードで膨大な借金を作ったために協議離婚した。二人いた娘は妻がひきとった。警察にいられなくなり辞めて、青森でタクシーの運転手をした。その後、友だちの紹介で再婚した。相手も再婚で二人の子どもがいた。

前の娘たちの養育費を払わなければならないし、今の子どもたちの教育費も必要で、青森での稼ぎでは足りなくなり、関東地方に出稼ぎに来た。日産《にっさん》自動車の栃木工場で一年働き、東京の警備会社に二年いて、それからこのタクシー会社に入った。いま一年目だ。会社の寮に住んでいる。家賃は一カ月一万三千円。同じ部屋に三人で暮らしている。勤務時間がずれているので、あまりいっしょにはならない。

青森には二、三年に一回しか帰らない。妻から電話があるのはお金が足りなくなったときだけだ。彼の楽しみは、部屋でテレビを観ながら酒を飲むことで、給料のほとんどを妻に送っているという。

「むなしくないですか」私がきく。

「家族のために苦労するのは当たり前だから」青森は目をへの字にして笑う。「それがなかったら、酒飲みすぎたりして、もっと早く死んじゃってるんじゃないですか」

「親孝行したかった」青森がぼそっという。彼の両親は亡くなってもういない。

「親父《おやじ》は」青森がいう。「出稼ぎでトンネル工事に行ってた。特急日本海で親父を見送るとき、さびしかったな。結局、自分も親父と同じようなことしてる。なんかなあ……」

午前六時。

休憩室は十人以上になっている。

「ツキってあるよな」

「あるよ」

「どうして俺の車ばっかり乗るんだっていうときあるよ。一服したいなと思って信号で止まってたらコンコンコンって」

「ツイてるときは休んじゃだめなんだよ」

「そうそう、飯食ったらツキがなくなっちゃう」

「パタッと乗らなくなっちゃうんだから、変なもんだよな」

ベンチに膝を立てて、一番大きな声で話をしている人に声をかけた。六十七歳、ここに来て十年になる。前は解体業の社長をしていた。百人近い従業員をかかえ、解体業者の中では五本の指に入る会社だったという。

「つぶれる前はしんどかったね」元解体業社長が顔をゆがめる。「金の工面て、やっと今月終わったと思ったら、じき来月でしょ。もうアカンなと思ったときに離婚して女房と娘を実家に帰しました」

実家は兵庫県の明石《あかし》市だという。子どもは娘ばかり三人、いま彼はひとりで暮らしている。

「会社をつぶしたときに生まれた一番下の娘が十六歳です。それがスタイリストになりたいとかいうてるらしい。今度その学校を見に、お姉ちゃんと二人で来ると電話があったんです。私の所に泊まりたいって、困ったこっちゃ」

元解体業社長は困るどころか、目尻《めじり》にしわをよせてうれしそうに笑っている。

午前七時。

駐車場は、ほとんどの車が戻ってきていて、黄色で埋まっている。太陽が差し込み車の屋根が白く光っている。その間を人が右に左に動いている。

私は事務室に入る。カウンターの中の常務が、昨日の売上げの最高は七万だったと教えてくれる。誰ですかときくと、彼だよと事務室から出ていこうとする男をあごで示す。

「真面目なんだ。真面目にやれば七万ぐらいいくんだよ。前はラーメン屋だったらしいよ」

元ラーメン屋は髪を七・三に分け、金属縁の眼鏡をかけている。銀行員みたいだ。彼は事務室を出ると水道で顔を洗う。それから休憩室に入っていき、自動販売機でコーヒーを買い、隅の方に座って飲む。みんなの話をきいて笑っている。タバコは吸わないらしい。コーヒーを飲み終わると立ち上がり、「お先に」と小さな声でいって三階に上がる。

降りてきた元ラーメン屋は黒のオーバーコートを着て、首にグレーのマフラーを巻いている。

「売上げトップでしたね」私は彼に話しかける。

「ええ、まあ」彼はうれしそうに笑う。

彼が駅に向かって歩くので、並んで歩きながら話すことになる。

元ラーメン屋は四十一歳、この会社に入って一年しか経っていない。

「どうして店をやめたんですか？」

「女房が体壊しちゃってね、人雇ってやるには割り合わないし、気を遣うし、じゃ、やめようかって」

「それでタクシーの運転手に？」

「ラーメン屋の前に十年近くタクシーの運転手やってたんですよ」彼は私の方を見る。

「タクシーの運転手って、お客さんがいないと焦ってくるし、運転してて不安がこみ上げてくるんです。それがイヤでラーメン屋を始めたのに、また元に戻っちゃって」

彼がふふと自嘲《じちょう》的に笑う。店を出したときの借金があるし、小学校に通っている二人の子どもの将来も考えなければならないし、いまは一銭でも多く稼ぎたいのだという。

「午前中二万、午後二万、夜三万って目標決めてやってるんです」

「目標は達成できますか」

「達成できるまで飯食わないんです。タクシーの運転手がのんびりしてて、いいっていう人もいますが、その人の事情によるんじゃないですか。月十五万でいい人はそれなりにやればいいけど、俺は四十万なきゃだめなんで必死でやってます」

「あの……」私は彼と並んで歩きはじめたときからききたいと思っていたことがあった。ききいた。「食事のときはラーメン屋に入るんですか？」

「いや」元ラーメン屋は声を出して笑った。「最近はドーナッツ買って車で食べることが多いね。ラーメンは食べません。ラーメン食べると悔しくなっちゃうんで」

午前十時。

休憩室に入る。もう誰もいない。ストーブが燃えさかり、テレビは無音でワイドショーを映し出し、換気扇がゴーッという音をたてて回っている。私はベンチに腰を下ろす。

様々な前職の人がいた。倒産した銀行の行員、コンビニエンスストアーの経営者、自衛隊員、瓦屋《かわら》、トラックの運転手……。

「一歩表に出れば、社長みたいなもんですから」「家族のために苦労するのは当たり前だから」「みんな、なんらかの失敗してここに来てる」「お客さんがいないと焦ってくるし、不安がこみ上げてくる」「くよくよしてたら病気になっちゃう」……。

目をつぶって思い出していたら、「孤独」という言葉が浮かんだ。タクシーの運転手は会社を出たらひとりぼっちだ。客を求めて、不安とたたかいながら都会をさまよっている。この休憩室に戻ってきて、誰もが多弁になるのは、孤独なのは自分だけじゃないとわかって、ほっとするからにちがいない。

午前十一時。

二十四日朝から一昼夜働いた人たちはすべて家に帰った。二十五日朝からの車もすべて出かけた。駐車場はがらんとしている。真っ青な冬空が広がっている。整備場からときどきカーン、カーンという音がする。

ぼくのおじさんはレーニンだった

アキコの夫はベラルーシ人だ。名前をジョージという。二人はイギリスで知り合った。アキコは留学をしていて、ジョージは英語教師になるための学校へ通っていた。知り合って一年後、お互いを好きになり、同棲《どうせい》した。卒業すると同時に日本にやってきた。六年前のことだ。その半年後に結婚した。現在、アキコは二十八歳、ジョージは二十六歳だ。

私は二人と高円寺《こうえんじ》の駅で待ち合わせをしている。彼らの住まいを見せてもらうためだ。二人がやってきた。二人とも背が高い。身長をきくと、アキコは百六十八センチ、ジョージは百八十三センチだという。

アキコは長い髪を後ろで束ね眼鏡をかけている。知的な感じの女性だ。ジョージは坊主頭で口ひげをはやしている。金髪なので産毛のように見える。やさしい笑顔だ。

三人で商店街を北に向かって歩いている。二人はゆっくりと歩く。今日は二人の休日が重なったし、冬にしては暖かいうららかな日だから、散歩気分なのだろう。

ベラルーシ人にとって日本は暮らしやすいのだろうか。

「すごくラク」ジョージが上手な日本語で答える。「海外に行ったら、すぐに帰りたくなっちゃう。日本は、何時でも何でも買える。あと、知らないところ、暗いところで殴《なぐ》られない。ヨーロッパの人は喧嘩好きだから、こわいよ」

商店街は人通りが多い。店の看板を見て、ジョージがアキコに何か冗談をいう。アキコが笑いながら答える。二人の会話は英語だ。

「お金があれば欲しくなる」ジョージが私に話しかけてくる。「人は、みんな、もしいい仕事だったら、もっとでかい家買うとか、もっとでかい車買うとか」

お金を稼ぐとそれだけ使いたくなるということだろうか。

「そうそう。稼いだら、ぜったいいらないもの買っちゃう。光がぜったい入らない二万円のカーテンとか」

「それでも二万円だから」アキコが笑う。私もつられて笑う。

「いまなんか」彼がいう。「八百円のカーテンでぜんぜん問題ない」

ジョージは紺のパーカーの上からグレーのコートをはおり、太めのブラックジーンズにスニーカーをはいている。

「このジーンズ、友だちからもらったのよね」アキコがいう。

「うん、これももらった」彼がコートの胸のところをつまむ。

「この人の考えは」彼女がいう。「服は実用性だって、実用的だったらどんな格好でもいいらしい。頭もちょっと伸びると自分でバリカンで刈ってるし、ほとんど、お金使わない」


商店街が終わり、住宅街になる。二階建ての家が並んでいる。

ジョージは派遣の英語教師をしている。週に三日働き、月十六万円程度の収入だ。その一方で、彼はテクノ系のミュージシャンでもある。月に一回程度ライブ演奏をしているし、CDも三枚出している。

アキコの方は、いくつか仕事を変わり、いまは青山《あおやま》にある和風の小物を売る店の店員をしている。月に十五万円程度の収入だ。将来は日本の伝統美を海外に紹介する仕事をしたいと考えている。

ジョージが七歳のときにソ連（ソビエト社会主義共和国連邦）が崩壊した。

「ぼくが生まれたとき」ジョージがいう。「Tシャツ一枚、ズボン一枚、靴〇個。テレビはない。それが普通だった」

一九八〇年代のことだ。

「大人たちから」彼がいう。「レーニンがあなたたちのおじさんだよっていわれてた。部屋に入るとレーニンの写真があった。本当に、ぼくのおじさんはレーニンだと思ってたからね」

それが、ある日突然、レーニンは悪いおじさんになり、写真は捨てられ、銅像は倒された。

「大人は」アキコがいう。「タテマエとホンネを使いわけてたけど、子どもはタテマエしか知らなかったから、社会主義を信じてたんだって。それが一気にひっくり返った。大人はホンネで話せるようになったから良かったけど、子どもにとっては、じゃ、いままでは何だったのってことで、精神的に不安定になるというか、心のよりどころを無くしたみたいね」

「人を信用しなくなった」ジョージがいう。

「それから」アキコがいう。「お祖母ちゃんが貯《た》め込んでたルーブルが一夜で紙くず同然になったんだよね」

「うん」彼がうなずく。「お金も信用できない」

「ジョージが貯金しないのは、そのせいなんでしょ」アキコがニタッと笑う。

彼が笑いながら首を横にふる。

「ソ連がつぶれた九一年八月から冬まで大統領とか警察とか何もない、政府がない国になっちゃった。お金が使えなくなった。食べ物がお金じゃなくて、クーポンで与えられた。でっかい紙に」彼が手で紙の大きさを示す。Ｂ４くらいだ。「パン一個、牛乳一本って書いてある。それをお店に持っていって、交換する。だけど、お店にある量が足りないから、朝三時に並ばないと無くなっちゃう。学校行かなくて、お姉さんの靴はいて、お母さんといっしょに並んだ。雪が多かった。土が固かった」

寒かったでしょう。

「毎日、マイナス二十度のところに十六時間立ってる」彼が口をゆがめる。〈寒かった？　それどころじゃないよ〉といいたげだ。

「運が良ければ、月に一回くらい、肉があった。うれしかった」

ソ連崩壊直後、ジョージの父親は商売を始めた。ポーランドやチェコからテレビや車や服を輸入して売った。誰も商売なんて考える者がいなかったので、飛ぶように売れたという。

この時はじめて彼はテレビを観た。

小さな頃はどんな音楽が流れていたのだろう。

「ソ連だと」ジョージが笑う。「アッバしかなかった」

ABBAは許されていたのだ。

ソ連が崩壊すると、誰かが英米音楽の海賊版を作って売り出した。

「CDからコピーしたテープを買った。それをお父さんがインポートしたステレオに入れてきいた」

どんな音楽？

「M.C.ハマーとか、あと、ランDMCとかもあった。カセットに何も書いてないから、誰の音楽かぜんぜん知らなかった。でも、カッコいいと思った。そうそう、あと、ロックのニルヴァーナとかもあった」

彼は十歳のときに、ロンドンの学校に入れられた。

「お父さんが稼いだから」ジョージがいう。「子どもいたら、たぶんヤバイヤツに盗まれて、お金くれよって」

誘拐？

「ユーカイ、何?」ジョージがアキコを見る。

「キッドナッピング」アキコがいう。

「そうそう」

誘拐されないために、十歳の子をひとりでロンドンに行かせたのだ。さびしくなかったのだろうか。

「ぜんぜん、問題ない」

母親は悲しまなかった?

「うーん、どうかな。お母さんからよく電話はあったけど、ぼくは別にさびしがるはない」

寄宿舎?

「キシュク……、何?」

「ボーディング・スクール」アキコがいう。

「そうそう。そこの人、みんな音楽好きで、朝から夜まできいてた」

この頃から、彼は自分で作曲したり、ドラムを叩いたり、コンピュータで音を作ったりすることを覚えた。

二人の家に着く。門扉《もんぴ》のついた一戸建ての家だ。去年引っ越したのだという。家の中を案内してもらう。一階は台所と十二畳の居間になっていて、小さなテーブルとソファとテレビと、その前にコタツがある。ほとんど親や友だちからのもらい物だという。二階に上がると六畳間が二部屋ある。それぞれの部屋だ。

アキコの部屋は畳になっていて、座り机の上にノートパソコンが置いてある。他は何もない。がらんとしている。

一方ジョージの部屋は完全にスタジオになっている。床はカーペットで壁には防音用のスポンジが貼ってある。ターンテーブルが二台、パソコンが三台、キーボード、ミキサー、スピーカー、ドラムパッド、マイク……など。ここでCDを作っているのだという。

さらに、はしごのような階段を上がると、屋根裏部屋があり、そこに蒲団《ふとん》が敷いてある。枕が二つ、いま人が抜け出したばかりのように掛け蒲団がふくらんでいる。

「高円寺で一戸建てで十二万円、ひとり六万円ですよ」ジョージが笑う。

「安い物を見つけるのが得意中の得意なんだよね」アキコがいう。

そういえば、家の前に本格的なバイクが置いてあった。それも友だちから三万で買ったのだと彼は自慢していた。

「八月になれば」とジョージはいった。「免許をとってから一年になるから、二人乗りしても大丈夫なんだ」

「『夏になるのが楽しみだね』って」アキコが笑う。「しょっちゅういうの。『仕事終わった頃、迎えに行ってあげられるし、休みの日に箱根《はこね》に行ったりとかできるよ』って」

ジョージと私は彼の部屋にいる。アキコが陶器の湯飲みをお盆に載せて運んでくる。彼女はジョージとの共同生活になかなかなじめなかったという。

アキコには、日本人らしい勤勉さがある。将来のために勉強しなければいけないといつも思っている。

〈ひとり暮らしだったら、もっと自分のことができるのに〉と思うことがあるという。

それに較べて、ジョージはいまを楽しむ性格だ。二人でいると、「映画観ようよ」とか「お茶飲もうよ」という。

「夕飯を早く作らなきゃってイライラしてるときにかぎって、ジョージが『今日どうだったー』とか、『ハグしようよ』みたいに寄ってくるんです。『もう、忙しいの』って」彼女が払いのける仕種をする。「そうすると、この人が『もっと愛情表現すればいいのに』って。最近、彼に影響されて、効率だけの人生じゃ楽しくないよねって思うようになりました。この人が声かけてきたら、ちょっと息ぬいて、休憩してみようかって」

ジョージはアキコのどこが好きなのだろう。

「うーん」ジョージが左の眉毛をキュッと上げて、いかにも考えているような顔をする。「全部じゃないですか」そういってから彼は何か思い出して笑う。「ぼくの寝る時間は朝の三、四時ぐらい。アキコは早く寝てて、今日の朝、寝言いってた。『お母さん、何食べてんの？』」ジョージが裏声でアキコの声色《こわいろ》を真似《まね》る。「『お母さん、何食べてんの？』十回くらい繰り返す。可愛くなっちゃって」

「どんな夢見てたんでしょうね」アキコが顔を赤くする。

「よく映画とかで」彼女がいう。「フランスの中年夫婦が、お互いに浮気しながらも、夫婦関係を保っているっていうのあるでしょう。私たちもいまは仲良くやってるけど、いずれはそういうこともあるかもしれないねっていったんです。そしたら、ジョージは真面目な顔して、一度でも浮気したら、信頼は取り戻せなくなるって、ね」

「うん」彼は照れているのかしきりにあごひげをさわっている。

この六月からアキコは店長になる。いまは店員だから時間がくればさっと帰ることができる。店長になればそうはいかないかもしれない。

「あんまり忙しくなるのは良くない」とジョージはいう。「週三とか週四働けばいいんじじゃないか」

「働かなかったら、ストレスたまらないだろう。そんなに疲れないから、幸せになれるんじゃないか」

でも、働かないとお金が手に入らないでしょう。

「いや、そんなにいらないいんじゃないですか。家賃と食べ物だけでいいから」

「いまの私にとっては」アキコがいう。「仕事を通してどういう自分になりたいか、なれるかを知ることが重要なんです。週三とかに減らして、その時間で遊びたいかっていったら、そうでもない。いまは仕事がしたい」

アキコの意見についてジョージはどう思う？

「やりたいことやればいいんじゃないですか」彼が少しむきになっていう。「でも、英語教室で、『仕事どう、楽しい？』ってきくと、みんな『いや楽しくない』って、『楽しくないのに、なんで週五、週六で働くの？』『しょうがない』『なんでしょうがないの？』『日本人だから、日本人はみんな週五、週六で働いてる』って。だから、『働かなかったら捕まらないよ』っていったんだ」

「働かなかったら捕まらないよ」とはどういう意味？

「……」ジョージが首を傾げる。

「この人がいったのは」アキコが日本語を通訳してくれた。「働かないことは犯罪じゃないよって」

いまかかえている悩みは何だろう。

「悩みぜんぜんないです」ジョージが笑う。

「この前まで、経済的に不安定だったから、音楽どうしようかなーっていってたじゃない」アキコがジョージを見て笑う。

「お金がないとき」彼がいう。「毎回考えちゃう。先週、ちょっとお金入ったから、もう問題ない」

お金が入れば悩みは消えるんだ。

「一万円入れば、それでもう心配ない」彼が笑う。

いま、どのくらいの貯金を持っているのだろう。

「七万円ぐらい」ジョージがいう。「もう、来月の家賃が貯まっちゃった」

私がアキコの方を見る。

「私ですか」アキコがいう。「九十八万くらい、郵便の定期が十五万、あとこの人に二十五万貸してる。ね」彼女が彼の腕にさわる。

「でも、もうすぐ返せるよ」彼が答える。

四十歳になったときにはこうなっていたいとか、将来に向けての計画とかは考えていないのだろうか。

「考えてますよ」ジョージが目を大きく見開く。「四十までに大金持ちになって、まず、無人島を買うでしょう」彼が握った右手の親指を立て、次に人差し指を立てる。「プライベート・ジェットを持つでしょう。それから、個人美術館も作るでしょう。……」

同じようなことを、年上の日本人からよくきかれるので、嫌になって茶化したのだろう。さらに、〈そんな先のことを考えてもどうなるかわからない〉という感覚がソ連崩壊経験者にはあるのかもしれない。

十七歳のときにジョージは母親を亡くした。

ショックだっただろう。

「いや」ジョージが肩をすくめる。「ずっと病気だったし、ずっと別に暮らしてたから、なんかよくわからなかった。亡くなった、ああ、そうですか、みたいな。五年経って、CD作って、これ、お母さんにきかせたいなって思ったら、あ、いないんだって、そのとき、きちゃったよ」彼は目の下に人差し指をあてて下に動かしてみせる。

ジョージは棚の下からシングル盤のレコードを何枚も取り出して、見せてくれる。「端《は》唄《うた》、深川節（藤本二三吉《ふじもとふみきち》）」「ぼくの彼女にマンボ・コンゴ（レネ・デル・マル）」「悪名（三音家浅丸《みつねやあさまる》）」……。私の知らない歌ばかりだ。変わったものを集めている。

古レコード店で探すらしい。

「高円寺でこれ五枚で二百円」ジョージがニコッとする。

「また安いって話」アキコが笑う。

「そのとき、千円ぐらい買った」彼が両手でレコードをかかえる仕種をする。

そういえば、彼のCDの中の一曲に、落語の出囃子《でばやし》の三味線を音源にしているものがあった。日本の伝統的な音楽が、彼の耳には面白い音としてきこえるのだろう。

「端唄、深川節」にテクノ風のリズムをつけたものをきかせてくれた。奇妙な味わいだ。

「♪チョイナ、サテ」という女性の甲高いかけ声がたまらないのだという。

「これはね、けっこうすごいよ」そういうと、三田村真《みたむらしん》という歌手の「殺し文句」というレコードをターンテーブルに載せる。針を落とす。

♪ダ、ダダダダダン（伴奏が鳴る）
殺し文句にゃ、
ダ、ダダダダン
罠《わな》があるのさ

「ジェームス・ブラウンでしょう」そういうと、ジョージは立ち上がり、手を広げていっしょに歌う。

♪惚《ほ》れたふりして、ほんの遊びよ

彼はアキコの方を見て、歌いながらしなを作る。アキコが声を出して笑う。調子に乗ってジョージのふりが大きくなる。

〈ああ、二十六歳の青年だな〉と思う。いろんな苦労をしてきて、自分なりの人生観を持っているけれど、二十六歳は二十六歳だ。

彼らの家を出て高円寺駅へと向かいながら、私は自分の二十六歳の頃を思い出していた。

結婚して、小さな家を借りて住み、妻は漫画家を、私は映画監督をめざしていた。そして貧乏だった。

アキコ、ジョージ、がんばれ。

わたしに戻っておいで

駅

プラットホームの
点字ブロックは
すりきれていて
白線は
さむさに滲《にじ》んでいた
鈍く光るレールが呼ぶから
吸い込まれるように
飛びこんだ

その日から
もぎとられた右の腕が
わたしをさがして
さまよっている
空を泳いで
さけんでいる

わたしを
見つけてはいけないと
わたしが言うから
時を旅することをしいられ
さまよう場所さえ
見つけられないでいる

右の腕よ
死が

恵みのように訪れたら
そうとは気づかない
さりげなさで
わたしに戻っておいで

（あらきひかる詩集『住処《すみか》』より、以下の引用も同じ）

あらきひかる（六十二歳）の詩だ。「右の腕」は自殺に失敗した「わたし」の傷跡を象徴している。「わたし」は自殺したことを振り返りたくない。傷跡も見たくない。忘れたい。が、自殺にいたる経験は「わたし」のもっとも深いところに潜んでいて、ふとした瞬間によみがえる。

「すぐに」あらきは少し照れて笑いながらいう。「あ、死にたいな、いなくていいやって思うところがあるんです。自分を肯定する力が弱いんですね。たぶん、育てられ方に問題があったんです」

「どんなふうに育てられたんですか」私がきく。

「五十年も前のことなんで……」あらきがいいよどむ。「いろんな場面が、映像として残ってるだけで、それをたどって思い出しても、自分を疑っちゃうんですよね。嘘なのかなとか、作り話だったんだろうかとか……」

私たちは東武《とうぶ》東上《とうじょう》線の大山《おおやま》駅のホームを出口に向かって歩いている。五十年前、彼女が暮らしていた街を歩き、小・中学生のあらきひかるを探してみようというのだ。五月の平日の午後、晴れた暑い日。


駅を出て踏切を渡る。左手にパチンコ店、右手に「コージーコーナー」がある。人と車と自転車が行き交っている。あらきが立ち止まる。

「ここ」彼女が「コージーコーナー」の建物を指さす。「映画館でした。東映《とうえい》の封切館」

「へーえ、こんなところに映画館があったんですか」

「母の財布から小銭を盗んでは、ここに来てました。大川橋蔵《おおかわはしぞう》が大好きだったの。全部観ました」

大川橋蔵は一九五〇、六〇年代の東映時代劇を代表するスターだ。

母親はあらきのことを心配して児童相談所に連れて行った。あらきはそこの先生と仲良くなり、いろいろ話をした。先生は家庭に問題があると判断した。

「先生が、親に注意してくれたかどうかはわからないんですけど、何も変わりませんでしたね」

ガーッと大きな音がする。パチンコ店のドアが開いたのだ。私たちは踏切を戻り、アーケードのある商店街に入る。クリーニング店、「氷」の幟《のぼり》の出ている甘味喫茶、携帯電話の販売店、「マクドナルド」……。主婦たちが立ち話をし、年寄りが自転車でゆっくりと走り、電動車イスが道の真中を移動している。

あらきが住んでいたアパートに向かって歩いている。

「思い出すことがあったら教えて下さいね」と私がいったものだから、彼女はときどき立ち止まっては古い店を眺めている。白いものが混じった短い髪、丸い顔立ちに二重の丸い目、ブルージーンズの上に絣《かすり》模様のシャツを着て、布製のバッグを肩にかけている。彼女は三十五年間、養護老人ホームで働いている。詩を書きはじめて三十年近くになり、三冊の詩集を出している。

「この商店街をね」あらきがいう。「夜にふらふらしてると、隅に寝てる人とかいて、怖いんですよ。その中にミヨシがいて、声をかけてくるような気がしました」

ミヨシとは実父の名字だ。あらきは岡山県で生まれた。彼女が六歳のときに両親は離婚した。一年後に母親は再婚し、それから八歳下の弟が生まれた。家族四人で東京に出てきた。

ミヨシは岡山県に住んでいるはずなのに、夜の街をさまようひとりぼっちの小学生には、あらゆるものが実在した。

商店街をぬけると、川越《かわごえ》街道にぶつかる。ゴーゴーと音をたてて四車線の道路を車が走っている。

「こんなに道幅は広くなかったわね」あらきが目を細める。

信号が青になり、川越街道を渡る。「日大《にちだい》病院入口」という看板を見つけて左に曲がる。住宅街になり、桜並木の道が続く。桜の幹は太い。かなりの樹齢だ。

「この桜並木は覚えてるんじゃないですか」

「うーん」あらきが首を傾げる。

子どもの興味は桜の花などにはなかったのかもしれない。

「そうそう」あらきがいう。「確かこのへんにお蕎麦《そば》屋さんがあったはず」

「よく行ったんですか」

「弟を連れてね。かけそば食べて、閉店時間までずーっとテレビを観せてもらってた」

「ご両親は？」

「帰ってこないんです。しょうがない人たちなんですよ」あらきが笑いながら、ハンカチで額《ひたい》の汗を拭く。

東京に出てきて一年後、母親は補助看護婦として順天堂《じゅんてんどう》大学病院に就職した。組合に入り、副委員長となり、ストライキを打った。そのことでクビにされ、解雇撤回のための裁判闘争を行った。結果、不当解雇だということで裁判には勝ったのだが、その間、十五年もの時間がかかった。母親は三十七歳から五十二歳になり、あらきは十二歳から二十七歳、弟は四歳から十九歳になった。

一方、義父は土木建築業界の組合の専従職に就いた。両親ともに組合の活動をしているし、友だちが多くて酒好きだから、家に帰ってくるのはいつも深夜になった。とくに母親は泊まることが多く、家のことはあらきにまかせっきりだった。

「小学校三年生の頃からずーっと」あらきがいう。「弟の保育園への送り迎えと、炊事と洗濯と掃除は私の仕事でした」

「お母さんがあなたに頼んだのですか」

「頼まれた記憶はありません。ともかく二人ともいないんですから、弟の面倒をみるのは私って、いつの間にか思ったんでしょうね」

「三年生の子どもがどんな料理を作ったんですか」

「ご飯の炊き方だけは教わってたんで、卵かけて、それとみそ汁。お金をもらったときはコロッケとか買いましたね」

十メートルくらい先に蕎麦屋の看板が出ている。近づいてみると、店を閉じていた。シャッターがおり、ウィンドーは土埃《つちぼこり》でよごれている。

「ここだったかなー」彼女が看板の文字を見上げている。

あらきは小学校でいじめられていたという。

「きたなかったから」彼女が顔をしかめる。「お風呂は銭湯なんですけど、親が帰ってこないから、あんまり行かないでしょう。耳の後ろに垢《あか》がたまってた」

桜並木の道がゆるく左に曲がっている。歩いている人はほとんどいない。

「弟の保育園の先生がね」あらきが足元を見つめながら話す。「私が迎えに行くと、ときどき、弟と私を自分の家に連れて行って、お風呂に入れてくれたの。ご飯も食べさせてくれて、家まで送ってくれたりしたんです」

「見るに見かねたんでしょうね。そのことをお母さんにいいましたか」

「いいません。母に心配かけたくなかったんです」

両親はほとんど子育てを放棄していたようなものだ。まともな家庭を知らないあらきは、それが当たり前のことだと思っていた。

彼女は母親を尊敬していた。正義の闘いをしていると母親に教えられていたからだ。いじめを苦にして、あらきは六年生のときに学校へ行かなくなった。母親は彼女を連れて歩いた。

「いろんな組合を回って母が演説するんです」あらきがいう。「それがうまいんです。関西弁が入ってて、みんな感動するんです。終わると『がんばって下さい』ってみんなに握手されて、この人すごいなーと思ったのを覚えています」

家々の屋根の向こうに寺の瓦屋根が見える。

「あのお寺、知ってるかもしれない」

そういうとあらきが脇道に入っていく。

「慈光寺《じこう》」という看板がかかっている。中に入ると庭一面につつじが咲いている。

「ここで」あらきが何かを思いだして笑う。「近所の子どもを集めて怪談話をしたことがある」

「どんな怪談ですか」

「『番町皿屋敷』とか『四谷《よつや》怪談』とか、映画で観たりラジオできいたりしてるでしょう。みんな怖がってました。母親ゆずりかもしれませんね」

私たちは境内にあるベンチに座る。

「母は日常の子育てはいいかげんだったけど、奈良に連れて行って仏像の美について教えてくれたり、お芝居に連れて行って舞台の面白さを教えてくれたりしました」

「文化的なことは熱心だったんですね」

「ええ、母は歌人なんです」

母親の名前は松田《まつだ》みさ子《こ》という。七〇年の啄木《たくぼく》コンクール賞を受賞し、歌集も数冊出している。歌の内容は恋愛、闘争、家族、旅行などだ。

「母は常に恋愛をしてました」あらきが笑う。

「夫がいるのに？」

「ええ。自分の恋愛の話を全部、私にするの。父がいない夜とか、『ひかる、お酒ひとりじゃさびしいから、ちょっと飲みなよ』とかいって」

「飲んだんですか」

「うん。ちっとも美味しくなかったけど、すごくうれしそうに好きな人の話をするんです。母のうれしそうな顔を見るのが、私好きなんです」

「どんな話をするんですか」

「大阪に住んでる文芸評論家とつき合ってたことがあって、『こんな本書いてるの、ひかるも読んであげて』とかいって。その人が東京に来るたびに会ってたんだけど、突然、会いたくなったんでしょうね。『私ちょっと大阪行ってくるから、透《とおる》（弟の名前）頼むね』とかいっちゃって。帰ってきたときに沈んでるから、『どうしたの？』ってきいたら、その人の家まで行ったら、家庭を大事にする人で、会ってもらえなかった。家の周りをぐるぐる回ってきたって、泣くんです。笑っちゃうでしょう」

「小さなあなたに何でも話すんですね」

「そう、こういうところでキスしたとか、私としてはききたくもないですよ」

「セックスの話もしたんですか」

「性の解放を主張してた人ですから、したと思います。私、消しましたけど」

「記憶を消したということですか」

「ええ。私、性的なことがダメなんです。生理的に受け入れられないんです」

寺を出て、桜並木の道に戻る。道は右に曲がっている。正面に大きなビルが現れる。

「日大病院です」あらきがいう。

「昔からありましたか」

「こんなに立派じゃなかったけど、ありました。整地されてなくて、裏が崖《がけ》でした。夜、その崖にひとりで座ってたのを覚えています。実験用の犬小屋があって、犬が鳴いてました」

「夜にひとりで？」

「父が殴るから逃げ出すんです」

「どうして殴るんですか」

「母は帰ってきてない。他の男と恋愛してるって知ってるから、母への鬱憤で私を殴ったんだと思います」

「お父さんに殴られてるって、お母さんにいったんですか」

「いいえ、いいません。私、母を守ってやらなければって思ってたんです。変ですよね」

「お母さんに抱いてもらった記憶がありますか」

あらきが首を横にふる。それから笑う。「失恋して泣いてる母を私が抱いてあげたことはあります」


「愛を乞《こ》え」と説かれても。乞えなかったのは。それはいつも遠いところにあって。求めても得られないと。すでに知っていると、頑《かたく》なに思う少女だったから。

私たちは日大病院の正門の前に立っている。

「あれーっ」あらきがいう。「坂がない」

「坂だったんですか」

「そう、坂の下がアパートだったんです。もっと先かなー」

病院前のバス停に数人の人が並んでいる。その脇を通り、病院の塀に沿って歩く。

「お父さんはしょっちゅうあなたを殴ったんですか」私がきく。

「お酒を飲んだり、母がいなかったりするとね。『できそこない』とか『お前なんかいなきゃよかったのに』とかいわれ続けました」

「ひどいですね」

「ひどいでしょう。だから自分を肯定できない人間になったんです。何か問題が起こると、まず最初に、私が悪かったのかなって思うんです」

風が吹き、塀沿いの欅《けやき》がザーッと音をたてる。

「父に髪を切られました」あらきは前を向いて話している。「朝、父を起こして、遠足行くからお金ちょうだいっていったの。例によって母は帰ってない。それが気に入らなかったんでしょうね。食器洗って洗濯してからじゃないと行かせないって。食器洗いをすませて、行かせて下さいっていったら、殴られた。よそ行きのブルーのワンピースをびりびりに破かれて投げつけられた。私泣かないいんです。にらみつけてお弁当代ちょうだいっって、そうしたら、髪の毛持って引きずり回されて、行けないようにしてやるって、ハサミで髪を切られたんです。それでも行かせて下さいっていったら、床に二十円放り投げられて、それを拾って、コッペパン買って行きました。遠足は羽田《はねだ》空港。お昼、体に痣《あざ》があるし、コッペパンだし、恥ずかしいから、私こっちの方が好きとかいって、みんなから離れて食べました」

私は前を向いて話しているあらきの横顔を見ている。

「泣かないいんですね」私がいう。

「泣かないんです。父の前ではね。でも、ひとりになるとよく泣いてました。崖に座ってとか、押入の中で声を殺してとか。嗚咽《おえつ》は得意だったかもしれないな」あらきが私の方を見て笑う。

私は彼女の視線を外して欅のこずえを見上げた。

日大病院沿いの道をしばらく歩くと、左に曲がっていて、曲がり角から急に下り坂になっていた。

「坂ですよ」私がいう。

「この坂の下です」彼女が答える。

坂道を下りていく。

「ここですよ、ここ」あらきが目を輝かして通りの向こうを見ている。大谷《おおや》石の石垣がある。石垣は高いところで三メートル近い。その上に二階家が建っている。

「あそこにアパートがあったんです」彼女がいう。「向かいに呉服屋のおばちゃんがいて、よく夕飯のおかずとかくれました」

私たちは日大病院のコンクリートの壁にもたれるようにして、石垣の上の二階家を見上げている。

「そのおばちゃんには命も助けてもらったな……、なんだか、次々に思い出しちゃいますね」

「何があったんですか」

「弟を知り合いに預けて、部屋のドアと窓を目張りして、ガスの栓をあけて、足を紐《ひも》で結わえた。あとは意識がないので覚えてないんですけど、おばちゃんが見つけてくれたときました」

「何かきっかけがあったんですか」

「さあ」彼女がしばらく考える。「何もなかったと思います。ずーっと生きてるのがつらいんですよね」

「……」

「弟がね」あらきが二階家を見上げる。「『お姉ちゃんが死ぬんじゃないかって、オレいつも怖かったんだ』って」

　はぐれた子供をさがす声を待っていた。温かな手が頬に触れるのを。待っていた。遠のく意識のなかで。凍えているのか。眠っているのか。

　その後、あらきは就職し、結婚し、二人の娘を育て、その娘たちも結婚し、いまは四人の孫がいる。

「自分が虐待された子どもだったんだって自覚できたのは、本当に最近なんです」あらきがいう。「そのことを思い出して言葉にすると、母を討つことになると思って、たぶん、それを恐れてしまい込んでたんです。父が亡くなって十年、母が亡くなって七年です。やっと引出し開けてもいいんじゃないかなって」

　駅へ戻る道を、違う道順で帰ろうということで、石垣の下の路地に入った。Sの字の上り坂になっている。

「あっ」とあらきがいった。

私が振り返ると、彼女が握りこぶしで額を軽く叩いている。

「大丈夫ですか」

「ええ、嫌なこと思い出しちゃって」彼女が小さく笑う。「母の短歌仲間の男の人の家がこの近くにあったんです。そこに預けられたことがあって、そのときに、その人に握らされたんです」

私は少し考える。「性器を？」

あらきがうなずく。「私、逃げ出しました」

「……」

「そのことを母にいったら、げらげら笑って、『男の人はそういうことをして、大きいとか小さいとかききたがるのよ』って」

悲鳴は体の奥にあって六十二歳になっても消えない。悲鳴は助けを求める信号だ。映画館への逃亡も、商店街への彷徨《ほうこう》も、崖でのひとり泣きも、登校拒否も、自殺未遂も、すべて信号だ。信号は気づいてほしい相手がいて発せられる。気づいてほしい相手は、もちろん母親だ。しかし、母親はもういない。信号だけが残り、「右の腕」のように宙をさまよっている。どこにも信号の受取人がいない。自分が受けとめてあげるしかないのだろう。十代のあらきの信号を六十代のあらきが。

わたしに戻っておいで

別れ話は公園で

四月二十九日の休日。吉川《よしかわ》あずみ（二十六歳）は新宿中央公園にいる。前日、横田雄平《よこたゆうへい》（二十六歳）から「話があるから会いたい」というメールが来たからだ。メールを見たときに嫌な予感がした。「どんなお話ですか？」と返信すると、すぐに返事が来た。

「率直にいって別れ話」

彼女は白地に紺のチェック柄のワンピースを着て、その上にベージュのカーディガンをはおっている。ワンピースは、彼がこういう女の子らしいものが好きだろうと思って、最近買ったものだ。濃い化粧はしなかった。とくにマスカラは避けた。泣くに違いないし、黒い涙を流したくないと思ったからだ。

彼女は入口近くのベンチに座ると、携帯電話を取り出し、メールを打つ。

「着きました。入口近くのベンチにいます」

送信ボタンを押して、ふっと小さなため息をつく。

すぐに、横田が公園の入口にあらわれた。百八十センチと背が高く痩せている。ジーンズの上にVネックの白いシャツを着て、上からジャケットをはおっている。

〈さわやかな顔をしてる〉とあずみは思った。

「もっと奥に行こうか」横田がいう。

あずみは立ち上がって、横田の後について行く。

「喫茶店で別れ話してる人たちって」彼が笑いながらいう。「周りに迷惑でしょう。だから、公園の方がいいと思って」

〈この人、こういう些細《ささい》なことをいろいろと考える人なのよね〉

二人は同じ大学の出身だ。年齢もいっしょ。だが、学年が違う。あずみが浪人をしたので、横田は一学年先輩にあたる。卒業後、あずみは新聞社に就職した。横田はテレビ局に勤めていて、文化人やタレントの取材をしている。

一年前、サークルのOB会の席で、横田があずみに話しかけてきた。同じような業界なので話がはずんだ。数日後、彼から電話がかかってきた。あずみと同学年の男性の連絡先を教えてほしいという。教えた。それから二、三日して、連絡先を教えてくれたお礼に食事をご馳走《ちそう》したいといってきた。こうして、つき合いが始まった。

二人は公園の真中にある木のベンチに座っている。桜の木の新緑が青々と繁り、その上に東京都庁のビルが顔を出し、さらにその上には雲ひとつない青空が広がっている。

〈なんて別れ話には似合わない日なんだろう〉あずみは思う。

「まずさ」横田は自分の足元を見ている。「ボクが別れたいと思う理由をいうから、きいてほしいんだけど」

「はい」

「ボクたち相性が良くない」

「そうですか?」

「ボクの興味あるものとキミが興味を示すものはぜんぜん違うでしょう」

〈だから面白いんじゃないの〉

最初のデートは横田の提案で、お台場《だいば》にあった実物大のガンダムを見に行った。あずみはガンダムに興味はなかった。会場はガンダムファンの男性たちで身動きもできないほどだった。

「もっと静かなところに行こう。キミの好きなところはどこ？」と彼がきいたので、彼女は秋葉原《あきはばら》のビルの奥にあるインド映画のＤＶＤ専門店に案内した。そこでよくＤＶＤを買っていたので、馴染《なじ》みになっていた。インド人の店長がお茶を出してくれた。しばらくおしゃべりをした。

　店を出たとき、「キミって変わってるね」と彼がいった。

〈変人を見るような目つきだったので、趣味の話をするのはやめようと決心した。ボブ・ディランやつげ義春《よしはる》のファンだとはぜったいにいわない〉

「つき合ってきて感じるんだけど、本当のところ、ボクに関心ないでしょう」横田がいう。

「そんなことない、関心あります。でも、うまく表現できないんです」

〈関心がありすぎて、いろいろきけなかった。憧《あこが》れていて、好き過ぎてきけなかった。メールの返事も考えに考えて、二日ぐらい迷ってから送ったりしてたのが、遅すぎて、関心がないって思われたんだと思う〉

「本当の自分の感情を出さないってことは、ボクに対して猫かぶってるってことじゃないの」

「猫なんかかぶってません。横田さんだってあんまり感情的にならないですよね」

「ボクは弱音を吐くのは格好悪いと思っていて、だから、そういうことは表現したくないし、自分の世界に踏み込まれるのも好きじゃないんだ」

「前にもそうききました。だから、あなたのことをズケズケきいちゃいけないと思ったんです」

あずみは中学生の頃にひとりでラジオ番組を作っていた。学校から帰ってくると毎日、テープレコーダーに向かって録音した。アナウンサーも人生相談の先生もディスクジョッキーもすべて自分で演じた。空想癖の強い子どもだった。そして、それはいまも変わっていない。

彼女は横田のことをいろいろ空想していた。テレビ局という派手な世界で働いているから、女性関係もいろいろあるんだろうと決め込んで、勝手に嫉妬《しっと》したりもしていた。

つき合いはじめて半年が経った頃、相手を理解し合おうということで、二人はお互いの友だちを紹介し合った。

「キミは、ボクの友だちと積極的に話そうとしなかった」

「初対面の人と打ち解けて話すのが下手なんです」

〈彼の友だちだから、丁寧に応対しなければっていう気持ちが強すぎて、打ち解けなかった〉

　横田の友だちが「こいつ不器用だから、ちゃんと女の子とつき合うのはじめてなんだ」といった。どうやら、彼は女性と深いつき合いをしたことがないらしい。半年もつき合っていて、そんなことも知らない自分にあずみは驚いていた。そして彼の方でも、あずみは男性との経験がないと思っているらしかった。


　日が傾き、都庁の壁面が赤く染まっている。二人の前の芝生に様々な鳥がやってきて、くちばしを土に突き刺している。

「横浜《よこはま》のマリンタワーに登ったときのことだけど」彼が足を組む。「エレベーターの中で、ボクがわざと揺らして怖がらせたの覚えてる？」

〈そんなことあったっけ〉

「あのとき、『キャー、コワイ』ってはしゃぐとか、『ヤメテ』って本気で怒るとか、なんか感情表現をしてほしかったんだよね」

「そうだったんですね。私そういうの苦手なんです」

〈子どものときから人をジーッと観察する感じで、女の子らしいキャピキャピしたところがない。そうしてほしいっていわれて、キャピキャピしたら、もうひとりの自分がせせら笑ってるのを感じる〉

「面白いことがあっても、大笑いとかしないよね」

「ジワジワとか、クスクス笑うタイプなんです」

「ボクはよく笑う子、泣いたり、怒ったり、感情表現がハッキリしてる子が好きなんだ」

〈あなた、アニメの中の女の子のことといってるんじゃないの〉

「キミの手料理が食べたいっていったでしょう」

「ええ。私、作りました」

「でも、一回だけだった」

〈その一回がたいへんだったんだから〉

あずみは手料理が食べたいといわれてあわてた。恋愛上手な友だちに電話をして、「何を作ったらいいの」ときいた。「肉じゃがかハンバーグね」というので、ハンバーグを作った。彼が部屋にやってくるというので、掃除をして、自分の趣味じゃないピンクの布を買ってきて本やDVDを覆い、テーブルにも赤のチェック柄の布をかけた。

そして夜、彼の前に、彼女はおずおずとハンバーグを出した。一口食べた彼が、「おいしい。自信持っていいよ」といった。

あずみは、彼が泊まるだろうと思っていた。が、十一時になると、スッと立ち上がり、

「ボク帰る」といった。

〈味見したかったのは料理だけだったらしい〉


「ご飯いっしょに食べてるとき、ぜったいキミはおかずを皿に取り分けないし、お酌とかもしないよね。そういうの全部ボクがやってたでしょう」

「してほしかったんですか？」

「うん」

〈そうか。そういうことをしてほしかっただなんて、思いつきもしなかった。いままで、マイペースで生きてきたつけが回ってきたのかもしれない〉

「キミはもっと相手のことに気を遣うようにすべきだよ」

「はい」

「自己完結してる感じがする」

〈おっしゃるとおりかもしれない。私、全部、頭の中で想像しちゃうから〉

「キミはひとりで生きていける人だと思うよ」

「そんなことない」

〈あっ、別れても大丈夫だと説得しようとしている〉

夕闇があたりを覆い、薄暗くなってきた。木々もビルも真っ黒なシルエットとなってい
る。

「少し寒くなってきましたね」あずみは横田を見る。「何か温かい飲み物でも買ってきま
しょうか？」

「無理して気を遣わなくてもいいよ」

「そんなんじゃ」

「もっと、素直に自分を出せばいいと思うんだけど」

「ダメなんですよ。どうしてですかね」

「育った家庭環境に原因があるんじゃない。キミの話だと、キミのお母さんはかなり感情
的な人だったらしいから、お母さんの前で、キミは自分を抑えるようになったんじゃない
かな」

〈確かに彼のいうことは当たっている。だけど、いま私はふられようとしているのに、そ

んな分析されてもね〉

「そういうところあります。でもどうしたら、人とちゃんとした会話ができるんでしょう？」あずみがきく。

「キミは試験に合格して一流の新聞社に就職できたし、仕事もちゃんとこなしてるようだから、自分の考えを伝えることはできてるんだよね。だから、二人でいるときも就職試験の面接を思い起こせばいいんじゃないかな」

「わかりました。今後そうします」

「ボクは」

「ええ」

「人間は変わらないと思ってる。今日いろいろいったからって、キミは変わらないと思うよ」

「私たちは、完成形の二人じゃないんだから、お互いいい合ったり、思いやったりして、どんどん関係も変わっていって、うまくいくんじゃないかって思うんですけど」

「いや、変わらない。ボクはキミが悪いっていってるんじゃないよ。ボクとは合わないっていってるだけで、キミのことを好きになる男もいるよ」

「そうですか？」

〈私を慰めてるつもりかしら〉

「横田さんはどんなタイプの人なら合うんですか？」

「うーん……、家庭的な人かな」

「……」

〈家庭的でもないし、女の子らしくもない私に恋愛は無理ってこと？〉

「結局」あずみがつぶやく。「私のこと好きじゃなかったということですよね」

「……」

あたりはすっかり暗くなっている。横田がそっと腕時計を見る。

「何時ですか？」あずみがきく。

「七時」

〈六時間も、私は説得されていたことになる〉

「もういい？」横田がいう。

「はい」

「いいたいことはありませんか？」

「ありません」

横田がスッと立ち上がる。あずみも立つ。二人はゆっくりと歩いて公園を出る。階段を下りて、新宿駅へと向かう広い歩道を歩く。ホテル・ハイアットリージェンシー東京の前を通る。何組もの恋人たちが歩いている。腕を組んだり、肩を抱いていたり。あずみと横田の間には約三十センチの間隔がある。

〈泣くと思っていたのに、ちっとも涙が出てこない。本当にこれで終わり？〉

「横田さんは」あずみが横田を見上げる。「別れた人と連絡をとるタイプじゃないですよね」

「基本的にはね」

「じゃ、ききたいこととか質問したいこととかがあったときでも、連絡されるのはイヤですか？」

〈しまった。私、未練たらしいことをきいてる〉

「いや、質問とかだったら、ことわる理由ないからいいよ」

新宿駅西口の改札の前で二人は足を止める。

「ありがとうございました」そういうとあずみは手を差し出す。横田も手を出したので、その手を握った。

〈意外に小さくて細い、いまはじめて知った〉

家に帰ってからあずみは、先月行ったボブ・ディランのライブ会場で買ったチロルチョコ、五十個のチョコレートがボブ・ディランのレコード・ジャケットでくるまれてるやつ、大切にしまっておいたのだけれど、それを出してきて、全部食べた。

〈食べていたら、口の中に入ってくるものがあって、ちょっとしょっぱい味になった〉

葬送の海

十月十七日午前十一時、清水《しみず》港の遊覧船待合室にいる。

私は、「葬送の自由をすすめる会」が行っている駿河《するが》湾での合同葬を見学させてもらうためにやってきた。

出航の三十分前に着くと、会の立会人だという青柳恵介《あおやぎけいすけ》（六十二歳）がいた。短い髪と口ひげに白いものが混じっている。挨拶をすると、今日は五組の遺族がいっしょに散灰をするのだと教えてくれた。目尻にしわのできる笑顔が、青柳の人柄の良さを表している。

やがて、遺族たちがひと組、ふた組と待合室にやってきた。母親と娘と息子、お祖母さんと小さな孫を連れた息子家族、中年の姉妹、母と娘など。遺族たちは家族だけでかたまっている。どこかよそよそしい雰囲気だ。

青柳はひとりずつに挨拶をして、故人との関係をきいていく。そうするうちに、青柳が間に入り遺族同士の間で会話が生まれたり、青柳に質問する人が出たりと、なんとなく親しい空気が生まれはじめた。

「そろそろ船に乗りますが、トイレに行きたい方はいまのうちに行って下さい」青柳がいう。

彼の誘導で待合室を出て、岸壁に近づく。潮の匂いにつつまれる。一列になって桟橋を渡り、船に乗り込む。船体をピチャピチャとたたいている水は透明で底が見える。船室に入ると五十人分くらいの座席がある。それぞれ家族ごとにかたまって座る。全員が座っていることを確かめてから、青柳が行程について説明する。それから、彼が船長に声をかける。船長は紺の制服を着た若い男性だ。船長が何か声を出したと思ったら、ゆっくりと船が動き出した。

空は薄い雲に覆われて乳白色、海は静かで緑一色だ。

三人の小さな子どもたちは座席の上に立ち上がり、遠足気分ではしゃいでいる。他の人たちはぼんやりと陸地から離れていく外の景色を眺めている。

船は、赤と白の灯台の間を抜けて、港の外へ出ていく。

私は青柳からもらったパンフレットを開く。

遺灰を自然に帰すことは他の国々では自由に行われていると書いてある。鄧小平《とうしょうへい》もアインシュタインもジャン・ギャバンも自然葬だった。

ところが、日本では長い間、自然葬は違法だという考えがあった。確かに遺体を捨てるのは違法かもしれない。が、遺灰にして海や山に節度ある方法で撒くことは違法ではないはずだ。

そう考えて「葬送の自由をすすめる会」では、一九九一年に相模灘《さがみなだ》で自然葬を実施した。その結果、法務省も厚生省（当時）も違法ではないと認めた。

以後、自然に帰りたいという人が次々に現れた。有名な人では、いずみたくや沢村貞子《さわむらさだこ》、鶴見和子《つるみかずこ》、横山《よこやま》やすしなどが自然の中に葬られた。

現在、日本中の海や山で自然葬は行われている。

海や山に散灰するのも、墓に埋葬するのも、各人の自由であるべきだ、というのがこの会の考えだ。

「今日は凪《な》いでるからいいですよ」青柳が笑いながら私の隣に座る。

「荒れることもあるんですか」私がきく。

「女房を送ったときはね、天候が悪くて、揺れて揺れて大変でした」

「いつだったんですか?」

「去年の八月です」

妻が亡くなったとき、青柳は遺言にしたがって、海に散灰するために、いま乗っている船の会社を訪ねた。そこで「葬送の自由をすすめる会」のことを知り、会員になり、自然葬の仕方を教えてもらった。

妻を送るときにも立会人がいた。

「自分が泣いてね」青柳がいう。「感情的になってるところを、その人が冷静に事を運んでくれたんです。散灰するときに後ろから支えてくれたり、いろいろ気を遣ってくれた。ありがたかったです」

立会人から連絡があった。自分は引っ越すので、青柳に立会人のボランティアをやってもらえないかというのだ。彼への感謝の気持ちが強かったので、引き受けることにした。

青柳が立会人になってから、まだ半年しか経っていない。自然葬に立ち会うのは今日で三回目だ。

船は沖合を進んでいる。まわりに他の船は一艘《いっそう》もいない。海の色が青緑に変わった。

「こうして海を見てると」青柳がぽつんという。「どうしても思い出しちゃうんですよね」

青柳が妻と出会ったのは三十二歳のときだ。

彼は清水港にある倉庫会社に勤めていた。

夕方、会社を出てから、ときどき寄る喫茶店に入った。ビールを注文した。カウンターの奥の方で可愛い女性がスパゲッティを食べていた。ワインレッドのドレスの上に白のカーディガンをはおっている。その瞬間、彼は毎日この店で夕食をとることに決めた。

通ううちに女性と話ができるようになった。彼女は二つ年上で、クラブに勤めていて、ここで出勤前の腹ごしらえをしているのだという。もちろん、彼はクラブにも通うようになった。二人の共通の趣味が山登りだと知り、お互いの休みの日に山に行った。

彼女は二十代で離婚し、それからずっとひとり暮らしをしている。娘と息子がいるが、経済力がないために親権を夫に渡した。月に一度子どもたちと会うのが楽しみだという。きけば何でも答えてくれる。さばさばとした明るい性格の人だと知って、青柳は彼女を好きになった。

「きれいな人だったんでしょう」私がきく。

「エヘヘへ」青柳が顔をしわくちゃにしてうれしそうに笑う。「そうですね、自分にはもったいないくらいでした」

二人は同棲生活を始める。そして、彼女が仕事を辞めるのを機に結婚した。二人とも四十代になっていた。

その頃、青柳はトライアスロンに凝っていて、週に四日はプールで泳いでいた。妻もプールについて来るようになり、十メートルしか泳げなかったのを、彼が教えて、千メートルを楽に泳げるようになった。

「だけどね」青柳がいう。「だまして深いところに連れていって、『ここは深いから足はつかないよ』っていったら、たちまち溺《おぼ》れちゃうの」彼が声を出して笑う。「あの頃が一番楽しかったなー」

港を出てから三十分。船が止まる。エンジン音が消える。あたり一面が海だ。

「散灰場所に着きました」青柳がいう。「お名前を呼びますから、後ろのデッキに出てきて下さい」

最初に中年の姉妹が母親の骨を撒く。骨は粉にしてあり、白い水溶性の紙に包んである。後ろのデッキから身を乗り出して、二人で持った紙を海に落とす。深い青緑の水の中に、白いものがぼんやりとした光を放って、ゆっくりと沈んでいく。二人はビニール袋から真っ赤な薔薇《ばら》の花びらをとりだして撒く。水面が赤い点で覆われる。二人は手を合わせる。妹がハンカチを取りだし目にあてる。姉が妹の肩を抱く。赤い花びらが潮に流されて遠ざかっていく。

次にお祖母さんが夫の骨を撒く。二人の息子とそれぞれの妻と小さな孫が三人。八人がデッキに立つ。骨は五つの紙に分けてある。「いい？」お祖母さんがいう。「はい入れて」妻が孫に手をそえて骨を海に入れる。お祖母さんも入れる。息子のひとりが一升瓶の酒を海に注ぐ。お祖母さんが白い菊の花びらを孫たちに渡す。「はい、撒いてね」いっせいに撒く。膨大な数の花びらだ。雪が積もったかのように真っ白になる。「きれいね」息子の妻がいう。「バイバイって」お祖母さんが孫たちにいう。「おじいちゃんバイバイ、おじいちゃんバイバイ」三人の孫が声をそろえて大声でいう。息子のひとりが手のひらで目をこすっている。「手を合わせるのよ」お祖母さんが孫たちにいって、やってみせる。八人が手を合わせている。

息子がお祖母さんと孫の写真を撮る。青柳が彼に声をかけて、カメラを受け取り、全員の写真を撮る。

「なんだか」お祖母さんが青柳にいう。「肩の荷がおりました。自然の中に帰りたいっていってた本人の思いがかなったと思うとね。私もここに撒いてねって、この子たちにいってるんですよ」

三組目は、四十代の母親と高校生の娘と中学生の息子の三人だ。祖母の骨を撒く。骨を沈めた後、白と黄色と紫の花びらを三人でゆっくりと撒く。

「母子家庭だったこともあって」母親が目に涙をためて青柳にいう。「母はとっても強い人でした。死んでも自由でいたいって」

隣で厚化粧をした高校生の娘も泣いている。

他の二組も同じように散灰した。

全員がデッキに出てくる。

「一点鐘を鳴らしますから、黙禱《もくとう》をお願いします」そういってから青柳が鐘の中の紐を振る。

カーン。

耳をつんざく音がする。その余韻が消えると、しんとなる。全員が黙禱をしている。

「散灰場所を中心に船が三回まわります」青柳がいう。

船が旋回する。波が起こり、色とりどりの花びらが上下する。

全員が手すりにつかまって水面を見ている。

「では、これから帰港します」青柳がいう。

船室に戻る者はいない。全員デッキに立って、遠ざかっていく散灰場所を見つめている。お祖母さんと孫が手を振る。中学生の息子が母親と姉の写真を撮る。数羽のカモメが人々の目の高さで追ってくる。

青柳は船室に入って座ると、ふーっと息を吐いた。

「お疲れさま」私が青柳にいう。

「やっぱり緊張します」

「奥さんのときはどんな花を撒いたんですか？」

「サンダソニアっていうちょうちんみたいな形をした黄色い花です。女房が好きだったものですから」


五十代に入ってから、妻が、手のひらがツルツルして硬くなっているといいだした。さらに体がだるいともいう。病院に行って調べてもらった。膠原病《こうげんびょう》だと診断された。原因不明で的確な治療法が見つかっていない難病だ。

二人の間に子どもはいない。

青柳は、妻の気を紛らわそうと犬を飼った。シーズーで名前をミミという。彼女はミミを可愛がった。

青柳が五十七歳のときに、妻の息子が失恋を苦に自殺した。

妻は鬱病になった。気力を失い、家事ができなくなった。

青柳が会社で仕事をしていると、携帯電話が鳴った。妻からだ。「ひとりでいるとさびしい、すぐ帰ってきて」という。

「こりゃ、そばにいなきゃ、しょうがないなと思って、定年まで二年あったんですけど、五十八で早期退職したんです」

家のことはすべて、青柳がやるようになった。食事をつくり、皿を洗い、洗濯をし、掃除をした。

「毎日毎日」青柳がいう。「『どんな方法で死ぬのがいいかね』って女房がきくんです。困っちゃってね」

「なんて答えたんですか？」

「『死んだことないから、俺もわかんないけど、そんなに急ぐことないんじゃない』って、はぐらかして、医者にがんばれっていっちゃダメだって釘さされてたからさ」

「答えようがないですよね」

「女房は、自分があとに残されたくないって気持ちがすごく強かった。なんとしても自分がひとりになるのは嫌だって」

離婚して、子どもと別れ、ひとりになったつらさが、心の深いところで傷となって残っていたのかもしれない。

妻は青柳に、自分が死んだら、葬式になんかに金をかけないで、骨を海に撒いてくれればいいから、といっていた。


「友だちと」青柳が窓の外の海を見ながらいう。「コーヒーを飲みに行ってくるよって、家を出たときは、めずらしくベランダの方で洗濯物を干してたんです。で、二、三時間して帰ってきたら、なんかおかしいんです。二階建ての一軒家なんですけど、自分たちは二階での生活が中心だったもんですから、そのまま二階に上がったんです。帰ってきたのに女房が出てこないっておかしいなと思って、一階に下りたら、もう息がなくなってた」

「二、三時間の間に」私がつぶやく。

「そうなんです。あわてて死んだんでしょうね。一週間くらい前に、自分は仲間といっしょに山に行ったんです。そのときに用意したんじゃないかな、遺書も置いてあったから」

「遺書にはなんて？」

「誰にも死顔を見せないで、あんたひとりで散灰してって」

ひと組、ふた組と船室に入ってくる。ペットボトルを取りだしてお茶を飲む姉妹、撮れた写真をチェックする中学生の息子、孫にお菓子を与えているお祖母さん。

青柳は誰もいなくなったデッキに出ると、バケツやタオルを片づける。船酔いする人のために用意しておいたのだ。

片づけが終わると、手すりに腕を乗せてひとりで海を眺めている。

私は彼の横に立って、同じように海を見る。

「二年以上の間、奥さんは死にたい死にたいといってたんですか？」私が話しかける。

「そうね」

私はさっきからずっと、青柳がどんな気持ちで暮らしていたのだろうと考えている。

「それは、ずっと青柳さんの心に重くのしかかってたんでしょうね」

「そうね。考えればつらいから、考えないようにしてたけどね」

雲間から光が差す。

「なんで」青柳が私の方を見る。「もっと生きたいっていう方向に気持ちをもっていってやれなかったのかって……」彼の目が涙でふくらみ、言葉が続かない。

船尾に白い航跡が長く続いている。

船が港に入る。全員船室に入って座り、誰も話す人はいない。三人の子どもたちは眠っている。ダダダダというエンジン音だけが響いている。船はゆっくりと桟橋に横づけされる。

「待合室で少しお待ち下さい」青柳がいう。

待合室に入ると、緊張感がゆるんだのだろう、ガヤガヤとおしゃべりが始まる。缶コーヒーを飲む人、お菓子を取りだして食べる人、携帯電話をかける人……。

青柳は鞄から書類を取り出して、それに時刻を書き込んでいる。「自然葬実施証明書」だ。「〇〇様、二〇〇九年十月十七日十二時四十分、駿河湾にて、故〇〇様を、自然葬に付したことを証明いたします。二〇〇九年十月十七日、NPO法人葬送の自由をすすめる会　会長安田睦彦《やすだむつひこ》」と書いて判が押してある。それと散灰場所を記入した海図を緑色のケースに入れ、ひとりひとりに渡す。

「ありがとうございました」母親が青柳にいう。

「本人の意志だけど、私は気がすすまなかったんです。でも、今日来て、散灰して良かったです」中年姉妹の妹がいう。

「今度は私の番ね」お祖母さんが笑う。

寝込んだ孫を抱いた息子が手を差し出して青柳と握手をする。

ひと組、ふた組と青柳に礼をいって待合室を出ていく。遠ざかる人たちの後ろ姿を見ていると、どの家族もお互いに寄りそうようにしている。

待合室には、もう誰もいない。青柳は船会社の事務室を覗き、船長に挨拶をする。外に出て、岸壁に沿って歩く。

「帰ると待ってるのは犬のミミですか?」私は青柳の横に並んで歩いている。

「そうね」青柳が目尻にしわをよせて笑う。「帰ったときに迎えてくれる人がいないというのはさびしいよね」

青柳は、建物の横に置いてある自転車の荷台に鞄を入れる。

私たちは別れの挨拶をする。

青柳は自転車に乗るとゆっくりと岸壁沿いを走る。もやい綱に留まっていたカモメがいっせいに飛び立ち、キーキーと鳴いた。

生きる理由が見当たらない

八月、岩瀬哲夫《いわせてつお》さんという人からメールが届いた。「私の話でも、と思ってメールをしてみました。四十代独身」と書いてある。

何度かメールのやり取りをした。

九月十八日の午後五時、私は岩瀬さん（四十九歳）の部屋にいる。三階建ての賃貸マンションの一室、入ったところに小さな台所と風呂があり、奥にカーペット敷きの六畳の部屋がある。部屋には本棚ひとつと電子ピアノ、細長いお洒落《しやれ》なちゃぶ台とその上にパソコン、隅に蒲団が畳んで置いてある。それだけ、タンスもないしテレビもない。きれいにしていてゴミひとつ落ちていない。窓の外は明るく白いカーテンが風に揺れている。

岩瀬さんは角刈りのような短い髪をして黒縁の眼鏡をかけ、チェック柄のシャツをジーンズの上に出している。

「音楽が好きなんですか」私が電子ピアノを指さす。

「うーん、どうなんでしょうね……」岩瀬さんが考える。

「……」私は挨拶のような軽い気持ちで質問をしたので、真剣に受け止められてとまどっている。

「そうなんですよ」彼が私の表情を見ていう。「好きか嫌いか答えればいい話なんですよね。それはわかってるんです。だけど、本当に自分は、音楽が好きなのだろうかって考えちゃうんですよ」彼はそういうと右手の中指をぎゅっと頰に押しつけて直角になるまで曲げる。


岩瀬さんは何度も転職を繰り返してきた。

一番最初は、大学を中退して入った情報処理関係の大きな会社だ。人づきあいが苦手だから、一日中コンピュータの前に座っている仕事が合っているだろうと考えた。が、暇で退屈になり、五年勤めて辞めた。

次も同じ情報処理関係の会社。今度は中小企業で、従業員が少なく、給料も安かった。二年で辞める。

三十歳になっていた。

時代はバブル経済がはじけ、「リストラ」という言葉で各企業がクビ切りを始めていた頃だ。

次の就職先を探すが、正社員の門は狭くなっていて、仕方なく派遣社員になった。派遣会社に登録し、一日、一週間、長くて半年といった短期間、派遣先の会社の仕事に就く。派遣社員として働いて三年目、派遣先の会社から正社員にならないかと声がかかった。不動産関係の管理業務をしている会社だ。これが正社員としては三社目になる。四年勤めて辞める。三十八歳。

「こんな話をしてると、面接を受けてるような気持ちになります」岩瀬さんが笑う。

再び派遣社員となった岩瀬さんは、三カ月ごとの更新で同じ会社に二年行き、その後、その会社の直接雇用の契約社員となった。大きな倉庫の一画に事務所があり、商品の出し入れを管理する仕事だ。正社員ではないが、一応、この会社で四社目となる。五年続いたところで、仕事量が減り、一方的に解雇された。いわゆる「雇い止め」だ。

四十五歳になっていた。

「あー、もう終わりかなと思いましたね」岩瀬さんがいう。

「終わりって？」

「もう、お国の世話になろうかなって、生活保護ですけど、申請すれば親の方に話がいくんだろうな、とか考えました」

岩瀬さんはひとりっ子で、母親は数年前に亡くなり、父親はひとりで年金生活をしている。彼は父親の世話にはなりたくないと思っていた。

次の就職先はなかなか決まらなかった。

失業給付をもらっていた三カ月間は正社員に絞って応募していたが、その後、派遣社員にまで拡大した。しかし、いっさい採用されなかった。

市の福祉課から住宅支援給付を受けた。家賃をまるまる市に払ってもらう。ただし、お金が自分の口座に入るのではなく、不動産屋に直接支払われる。

「預金通帳を全部出して下さいっていわれて、生活保護を申請するときと同じなんです」

彼がいう。

解雇されてから八カ月が経ち、九十社近く受けたが決まらず、貯金も底をつきはじめた。電気代、水道代などを払えず、期日までに支払わないと送電や給水を止めるという督促状が届いた。インターネットの接続はすでに切られていた。

ともかく、収入がなければと思い、時給九百円の日雇い仕事をした。さらに、地元の郵便局で夜勤の長期アルバイトを募集しているのを知り、応募した。

「ここなら採用されると思って、最低限稼いで、先のことを考えようと思ってたんです。だけど、面接行って落とされた」岩瀬さんが頭をかく。

彼はハローワークのカウンセリングを利用していた。が、担当の中年女性は他人事《ひとごと》のようにしか対応してくれなかった。担当者を替えてほしいと電話でいった。同年代の男性が担当となった。その人は岩瀬さんのせっぱつまった状況を理解し、相談にのってくれた。岩瀬さんが応募したい会社の票を持っていくと、すぐに電話をして、応募手続きを取ってくれた。

四社に応募し、そのうち三社が書類選考を通り、面接に進んだ。

「どうせ今度もダメだろうなと思って」岩瀬さんが笑う。「うっ屈した気分を変えたくて、三浦《みうら》半島に海を見に行ったんです。昼間からビール飲んで海を見てた。そうしたら、一社から電話がかかってきて、二次面接の予定はいつにしますかって、あわてて、酒飲んでることがばれないようにしましたよ」

二次面接に行き、採用が決まった。

「不動産関係の事務職です。事務職は倍率が高いんです。絶対無理だと思ってたから、ほんと、ラッキーというほかないんです」

「良かったですね」私がいう。

「綱渡りで生きているような感じです」


現在、岩瀬さんはその五社目に当たる会社に勤めて三年になる。

朝五時半に起きて、始発駅まで行き、座って通う。朝食は会社の近くの立ち食いソバ。

始業は午前八時半。一日中、ほとんどパソコンの前に座っている。昼も外食。夕方五時半に会社を出ると、立ち呑《の》みの居酒屋で夕食を兼ねてひとりで一杯飲む。帰ってきて、十時には寝る。


「ちょっとタバコ吸ってもいいですか」岩瀬さんがいう。

「もちろん、どうぞ」

彼は玄関横の台所に行き、換気扇を回してからタバコに火をつける。

「自分ひとりの部屋なのにわざわざ台所で吸うんですか」

「吸う吸わないのメリハリをつけたいんです」

「家財道具が少ないですね」私が部屋の中を見まわす。

「『断捨離』って言葉が流行《はや》る前から、いろんなもの捨てました。この前も炊飯器を捨てたんです」

「ご飯炊くのに困るでしょう」

「ま、ほとんど外食だし、ご飯食べたければ鍋《なべ》で炊いてもいいと思って」

彼がタバコを消し、灰皿を流しに置いてから六畳の部屋に戻る。


「なんで、こんなに何回も転職を繰り返してるんですか」私がきく。

「ずっと同じ仕事をしてると飽きちゃって。それと人間関係」

「人間関係って？」

「合わない上司にいやがらせされたり……」

「仕事に飽きるというより、人間関係の方が大きいんじゃないですか」

「六・四かな」

「六が？」

「人間関係。根っから人づきあいが苦手なんです。それに、経済的に自立するために働かなきゃいけないから働くだけで、働きたいのとは違うんです」

「ほとんどの人が働かなきゃいけないから働いてるんじゃないかな」
「そうですかねー、うーん」彼が両手で頭をかく。「そもそも、本当のところ、なんで働くのかがわからないんです」

午後七時、窓の外は真っ暗になっている。
「食事に行きませんか」私がいう。
「そうしますか」
私たちはマンションを出て、私鉄の高架下を歩く。
「今の社会は生きづらい？」私がきく。
「生きづらいですね」
駅前商店街に出る。
「ここにしましょう」彼が先に立ってビルの階段を上がる。
「サイゼリア」というイタリア料理のチェーン店だ。
店員が「禁煙席と喫煙席どちらになさいますか」ときく。
「喫煙席で」と私が答える。私はタバコを吸わない。
「いいんですか」彼が私にいう。

「うん」

席に着き、彼が私にメニューを見せ、

「ここ安いんですよ」という。

「いいね」

彼が、赤ワインが好きだというので、ボトルを一本とる。私は生ビールを頼む。シーザーサラダ、ソーセージの盛り合わせ、ピザ、パスタなど、テーブルいっぱいに料理が並ぶ。

「結婚したいと思ったことはないんですか」私がきく。

「結婚の話、実はあることはあったんです」彼がいう。

二十代の頃、岩瀬さんは、情報処理関係の仕事の傍ら、翻訳者になるための学校へも通っていた。そこで知り合った女性と三年近くつき合った。彼女は結婚を望んだが、彼はひとりでいる時間がなくなると苦しくなると思い、別居での結婚なら良いといった。彼女はその提案に応じた。

「で、どうして結婚しなかったんですか」

「グチの多い人で、それで嫌になっちゃって」

「あなたから別れたの？」

「そうですね、駅で泣かれました」

「彼女とセックスは？」

「ええ、まあ」彼が笑う。「なんか汗かいてきちゃった」

「その後、恋愛は？」

「まったくないですね」

岩瀬さんには恋人だけでなく、友だちもいない。年賀状は来ないし、出す相手もいない。メールをやり取りする程度の人もいない。軽い「ひきこもり」のようなものなのだという。

「ひとりの方が楽なんです」彼がいう。

「休みの日はどうしてるんですか」

「何しようかと考えるだけで疲れちゃって」彼がワインを飲む。

「楽しいことは何ですか」私も自分のグラスにワインを注ぐ。

「うーん、寝ることですかね」

「これをやっていると楽しいという趣味のようなものはないんですか」

「いろいろやってはみたんです」彼がそのひとつひとつを挙げていく。

ピアノは「バイエル」を一応終了し、この一年ジャズピアノの練習をしている。ヨガをやっているし、スポーツジムにも通った。絵のクロッキー教室にも通った。体験だけだったらタップダンスもしたし、サックスも吹いたし、水墨画も習った。

「そういえば」と彼がいう。「山谷《さんや》に炊き出しのボランティアに行ったこともあります」

岩瀬さんは彼なりに、自分を生き生きとさせるものを求めてもがいている。

「転職を続けてきて、精神的に不安定にはならなかった？」

「なりますよ、ずっと軽いウツです。『いのちの電話』とかときどき使ってました」

「えっ」私はギクッとする。「いのちの電話」とは、ひとりで悩んでいる人のために、二十四時間相談にのる電話で、主に自殺を予防するためにある。

「自分の悩みをきいてもらいたかったの？」

「まあ、だからかけるんでしょうね」彼がタバコを吸いながら、他人事のようないい方をする。

「自殺とかを考えたの？」

「そこまではいかなかった。リストカットとかしてないですからね。電話かけると、相手の人は、はじめてだから、状況を説明しないといけないでしょう。それで疲れちゃって」

「そうなんだ」

「積極的に生きる理由が見当たらないんです」そういうと彼は右手の中指をぎゅっと頬に

押しつける。

岩瀬さんがトイレに立つ。

私はワインでぼーっとなった頭で考えている。

彼は「なぜ働くのかがわからない」といった。「生きる理由が見当たらない」ともいった。「音楽好きなんですか」という私の質問に、〈自分は本当に音楽が好きなのだろうか〉と考え込んでしまう。そんなふうに、いつも、本質的なところから考えようとしていたら、そして、自分の本当の気持ちを探ろうとしていたら、かなり疲れるだろう。そして、生きづらいだろう。


店を出る。

岩瀬さんのアパートは駅とは反対方向だ。

「駅への道はわかるから、ここでいいですよ」私がいう。

「いや、そのへんまでお送りします」彼がいう。

私たちは黙って歩く。

信号のある横断歩道になる。

「じゃ、ここで」彼がいう。

「うん、また連絡します」

私たちはお辞儀をして別れる。私は通りを渡る。そして振り返る。岩瀬さんは高架下の暗い道をゆっくりと遠ざかっていく。

その後ろ姿を見ていて、ふと思った。

岩瀬さんの「私の話でも……」という私へのメールは「いのちの電話」だったのかもしれない。

ガーナ人労働者

ゴーッという音が鳴っている。高速道路を走る車の音だ。その傍らに高い鉄の塀があり、中に三つの大きなテントがある。高速道路とは反対側に入口があり、大型トラックが出たり入ったりしている。

「限りある資源を大切に　リサイクルセンター　H産業北山《きたやま》事業所」という看板が出ている。産業廃棄物処理場だ。

大型トラックはテントの中に入ると、ザーッとゴミを落とす。ゴミは砂や木屑《きくず》やプラスチックや紙やガラスや金属などあらゆるものが混ざっている。山のようになっているゴミをパワーシャベルがすくい、振動している選別機にあける。その先がコンベアになっていて、二人の作業員が、手でプラスチックをより分けている。粉塵《ふんじん》が舞い、悪臭がし、騒音が絶えない。作業員はヘルメットをかぶり、ゴーグルをつけ、マスクをしている。

H産業はこのような事業所を四つ持っていて、従業員六十名をかかえている。その中にガーナ人労働者が六人いて、それぞれ別の部署で働いている。

三年前、六人は自分たちに対する不当な扱いに抗議して組合を作った。全統一労組H産業分会だ。

「ワタシ入ったとき三カ月一万円。日本人一万二千円」分会長のコルヤ・クワシ・アンフェイ（五十一歳）がたどたどしい日本語で話す。「三カ月経てば、ワタシ一万千円。日本人一万二千五百円。そのあと、十年働いて、ワタシ一万二千五百円のまま。日本人みんなベースアップしてるよ」

H産業では、給料は日給計算で支払われているらしい。

私たちは日曜日に、コルヤの住まいの近くの喫茶店で会っている。

「ケヌマさんユンボ壊して、修理代、給料から引かれた（ケヌマは同じガーナ人）。廃プラ、クチャクチャにする機械あるんだよ（廃棄プラスチックの破砕機がある）。ユンボで入れるんだけど、中に機械あるから気をつけないと捕まっちゃう。ユンボの先、ちょっと曲がった。所長が『修理二十四万かかるから、会社半分、ケヌマさん半分、十二万払いなさい』」

仕事で壊したんでしょう？

「うん。仕事でだよ。会社修理工場に出さない。会社の人がガスバーナーで直した。会社十二万得したよ」

日本人が壊しても修理代取られてますか?

「所長たちは日本人がやったら無視してる。専務にいわない。でも外人がやったらすぐ電話する」

各事業所の所長が彼らの直接の上司だ。所長の裁量が大きい。所長が本社の専務に連絡すると正式な出来事になるらしい。

私は組合ができる前に、どんな問題があったのかをきいている。

「ワタシのお父さん亡くなったとき、会社に葬式行きますいって、ガーナに帰った。日本戻ってきたら、給料四百円下がってた」

ちゃんと会社にいって休みをとったんでしょう?

「ちゃんといったよ。所長『行ってらっしゃい』って。そのとき給料下がるいわないよ」

なぜ、給料をカットしたのか、会社からの説明はないままだという。

「ワタシのお父さん死んじゃった。でも、働いてる人何もやってくれない。たとえば、日本人のお父さん死んじゃったとか、お母さん死んじゃったとか、働いてる人二千円ずつ出す。ワタシ、もう十回くらい払ったよ。ワタシのお父さん死んだ。所長何もいわない。『コルヤさんのお父さん死んじゃったから明日からガーナ行く』それだけで終わった」

あなたに香典をあげようという日本人は出てこなかったんですか？

「出てこない。誰もいわないよ」

日本人のときは取るのに？

「そうそうそう。取って、もらうは関係ない」

コルヤは目の前のコーヒーを飲むこともなく、次から次に話す。

「神谷《かみや》さん、サムエルさんに『おい、クロ』いった（サムエルはガーナ人）。サムエルさん『あんたなんていった』『頭悪くて、外人の名前覚えられねーんだよ』『ほんと頭悪いね』『このヤロー』ケンカになった。変な人いるんだよ。神谷さん北山事業所で一番長いのに、所長にならなかったから、イライラしてるんだ。神谷さんにいじめられて、日本人三人辞めてるよ」コルヤが左手の指を三本立てる。薬指に金の指輪が見える。

コルヤは一九九〇年、三十歳のときに日本にやってきた。四年間文通していた日本人女性と結婚するためだ。

彼はガーナの首都アクラで育った。デザイン専門学校を出て、将来は家具のデザイナーになるつもりで、家具工場で働いていた。彼女とガーナでいっしょに暮らす計画を立てていた。ところが、彼女の両親の猛反対にあい、仕方なく日本で暮らすことにした。日本でも家具製造関係の仕事をするつもりだった。しかし、どこも採用してくれなかった。

H産業は友だちの紹介で入った。

現在、十八歳と十五歳になる二人の子どもがいる。妻もパートで働いているが、子どもたちの教育費がたいへんだという。

「会社がジュース代、二百円出すんだよ。朝、みんなの二百円を部屋に置いてある。たまーに、百円足りない、二百円足りない。どういうこと？　日本人が話してる。ワタシ来たら、違う話する」

コルヤさんとかガーナ人の噂《うわさ》をしてるんですか？

「そうそう。コルヤがドロボーとか、話作ってる人がいるんだよ。それおかしいんだよ。二百円置いてあるとこ、ワタシ働いてるとこ遠いんだよ。いつワタシドロボーしてるんですか。ききたいです」コルヤの声が大きくなる。

どうしてそんなことが起こるんでしょう？

「たとえば、その人、たぶん二百円くらい欲しくないよ、コルヤ取ったいいたい、だから、わざと取ってる」

誰だかわかってるんですか？

「うん。清水《しみず》さんだよ。清水さん話作る。清水さん早番したら、昨日の遅番の人は電気消してなかったとか、そういう話作る。おかしいんだよ」

職場の中には性格のねじ曲がった人がいるらしい。しかし、そんな人ばかりではないだろう。

職場の中の日本人でもいい人はいるんでしょう？

「ワタシの働いている場所の日本人はみな同じと思うよ。いい人でも、他の人の悪いこといってるとこで、『ウソ』っていわないんだから、同じだよ」

「コルヤはドロボーだ」っていってるのを黙ってきいてるってこと？

「うん。日本人は『あ、そう』『あ、そう』ばっかり、同じじゃん。外人なら、『ホント？』『どこできいたの？』とかちゃんときくよ」

日本人の中には仲間意識や上下関係があるのだろう。波風を立ててまで、コルヤをかばう人はいない。心の中で、〈意地悪をしているな〉と思っている人がいたとしても、その場で「ホント?」といわない限り、結局、コルヤにとって、日本人はみんな同じということになる。

そんないくつもの不満が重なっている中で、組合を作ろうということになったのは、突然、会社が全員の給料を十五%カットしたことがきっかけだった。十五%の減給は大きい。
「会社は、日本不景気になっただから、厳しいから、みんな十五%カットするよって。だけど、H産業の仕事いっぱいあったよ。おかしいじゃん。日本人は『仕方ない』『仕方ない』いってる。変だよ」

コルヤは昔からの友人のアサニに相談した。

アサニは中古品販売店で働くガーナ人で、個人加入できる全統一労組に入っていた。コルヤはアサニに連れられて組合事務所に行き、話をきいた。そして、同じ職場のガーナ人にそのことを伝えて、何度も話し合いをもった。

二〇〇八年六月に全統一労組H産業分会を結成した。一カ月後に会社に通知することになった。
「何回も会って、練習した。誰がどこに行くか、何いうか」

通知当日の七月十日、全統一労組の組合員で、他の会社の人が二十人近く応援に来てくれた。五人ずつに分かれて、本社と四つの事業所に行き、組合結成を告げた。コルヤは組合専従のTと本社に行った。

「社長、組合できると思ってなかった。ほんとびっくりしたんだよ。ウハハハハ」コルヤが笑う。「Tさん名刺を出して『外国人は保険入ってますか?』社長わかんないって、専務に電話してきいた。『入ってない。嫌なら辞めればいいんだ』『そうはいかないよ』ってTさんがにらんだ」

うまくいったんですね。

「うまくいった。ワタシたち仕事終わってから、ジョナサンに集まって、みんなで『やった』『やった』喜んだよ。次は団体交渉だって」

その後、会社は弁護士を立ててきた。弁護士は組合が当たり前のことを要求していると認め、コルヤたちガーナ人労働者六名が正社員であること、差別待遇の是正、社会・労働保険の加入、帰国時の不利益扱いの中止、今後組合と交渉を続けていくことを認めた。

十五%カットは二カ月で元に戻った。

組合作って、会社は変わりましたか？

「変わってると思うよ。休憩時間、前は十五分だったの、いま三十分になった。それから、日曜日以外休みなかった。いま、会社、一カ月であと二回休んで下さいになったよ」

組合に入ってない日本人も良くなったわけですよね。

「そうそう。全部いい」

組合に入りたいという日本人もいるんじゃないですか？

「入りたい人いるかもしれないけど、クビなるだから、こわいんだよ」

こわいっていう気持ちはわかりますか？

「そりゃあ、わかるよ。どこの国もそういう人いるんだから。ワタシ生活あるんだから、クビになったらどうするの、とか。そういう人はどこにでもいるんだから」

そういう人とコルヤさんとはどこが違うんでしょう？

「うーん、そうね」コルヤは少し考える。「日本人はイヤになったらすぐ辞めて会社変わる、できるでしょう。ワタシたちできない。いま辞めて、仕事ないでしょ。ここ良くしなきゃ、ね」

たった六人の組合員だったら、会社がクビにしようと思ったら、できるんじゃないですか？

「できるけど、やっぱりワタシたち働いてるんだよ。日本人に較べて」

　あなたたちがいなくなったら困るんだ。

「そうそう。ワタシたち仕事してるんだから。ダラダラ働いて時間なったらお金もらうじゃなく、仕事はちゃんと仕事してる」

　先日、私は分会の会議を見学した。郊外のファミリーレストランの一画に、六人のガーナ人と組合専従の日本人がテーブルを囲んで座っていた。日本語と英語の混ざった言葉が行き交っている。

　その日の話題は、未払いの賃金についてだった。毎日三十分、全員ただ働きをしていたことがわかった。その分をさかのぼって支払うように会社に要求した。会社もそれを認め、計算したところ、ひとり六十万円になる。組合員だけでなく、社員全員に払わなければならないため、膨大な額になる。ひとり二十万円なら支払う用意があると回答してきた。

「会社は、ワタシどれだけつらい仕事してるかわかってないよ」とケヌマ。「ワタシたち自分働いた分もらうよ。あと日本人にいくら払う関係ない」とフィリップ。「ワタシ八年働いてるけど、二年目の日本人より低いんだよ」とサムエル。「自分汗して、働いた分払ってほしいだけだよ」とジュニ。

みんな口々に意見をいう。専従はノートをとり、みんなの意見をまとめる。

「全員に二十万円という回答は拒否する。前回どおり、組合員の未払い賃金についてはすべてを支払うことを要求する」

これを会社に、再度通知することになった。

会議が終わると彼らはさっさと店を出る。ケヌマとサムエルとフィリップは一つの車に乗って帰る。他の三人と専従は駅に向かって歩き出した。


私はコルヤの横を歩いている。

全員に二十万円払うと会社にいわせたのは組合の力だ、すごいことだと思う。

そう私が感想をいうと、

「ワタシ、もらうこと考えじゃなくて、ちゃんとやって下さいの問題で、組合始めたんだから、納得できないんだよ」コルヤが私の目を見ていう。

〈なるほど〉と思った。彼は理不尽なことが許せないから組合を作ったのだ。

私は将来のことをきいた。

「歳とったら」とコルヤがいう。「年金も少ないし、家賃どうするのかとかなっちゃう。気をつけないとホームレスになっちゃうかもしれない」

歳とったらガーナに帰りたいという。ガーナの方が暮らしやすいのだろうか？

「ガーナは、家族が大きいでしょう。安心だよ」

コルヤは空を見上げている。故郷を思い出しているのだろうか。

最初に会って話をきいたときからずっと、もし、私がH産業で働いていたとしたらどうしただろうと考えている。

「コルヤはドロボーだ」と誰かがいったら、ひとこと「ホント？」といえるようでありたい。

そう私がいうと、コルヤはニコッと笑って右手を差し出した。私はその手を握った。大きくて分厚いグラブのようなその手を。

つらい記憶は心の底に

「嫌な思いが湧き出してくるんです」奥田優奈《おくだゆうな》（二十四歳）が意を決したようにいう。「朝、目が覚めたときとか、電車の中とか、会社でパソコンを立ち上げたときとか、思い出して〈ううっ〉てなるんです」

「嫌な思いって？」私がきく。

「高校の部活の友だちが『ちょっとおかしいんじゃない』っていってるとか、いろんな人が私のことを悪く思ってるとか、先生に『ここで乗り越えなくちゃいけない』っていわれたりとか……、いろいろ、嫌な記憶」

店員が生ビールを運んでくる。私たちは話を中断して、ジョッキを手に乾杯する。ここは奥田の職場の近くにある焼鳥屋。午後六時。

「上原さんの本を母に薦められて、通勤電車の中で読み、涙してます。私の話もきいて頂けたらと思い、ご連絡を差し上げました」というメールがきて、私は奥田に会いに来た。

彼女は背が高く、ベージュのブラウスの上に黒のビジネススーツを着ている。肩までの髪にウェーブがかかっている。

「高校二年のときに、バスケ部の部長に選ばれたんです」奥田は遠くの方を見るような目をして話す。「私、人に指示したりするのが苦手なんです。みんなに嫌われたくないっていう気持ちが強くて、それで苦しくなって、部長を辞めさせてほしいっていったんです。でも、辞めさせてくれなくて、しんどくなって学校に行けなくなったんです。部屋から出られなくなって、親も〈どうしたらいいかわからない〉って感じでした。母がときどき、私を見て不安そうな顔するんです。父から『お母さんを苦しめるな』っていわれて、ショックで。それで、どうにか学校に行こうと思って、行ったんです。だけど、先生や友だちのいってることがまったく理解できなくて、会話にならないんです」

「言葉がわからなくなったんですか？」

「言葉はわかるんです。でも、自分の中に入ってこない、話しかけられてるのはわかるんですけど、意味がつかめない。どう反応したら良いかわからない。思考が止まっちゃう感じなんです」

「相手との間にガラスが一枚挟まってるような感じですか？」

「そうです。で、また学校行けなくなっちゃって。昼間、家にひとりでいました。人の話が理解できないのは、頭が悪いからだと思って、インターネットで頭が良くなる方法みたいなのを、本気で探してたりしてました」奥田が思い出して小さく笑う。

「お母さんは？」

「パートに出てました。ひとりになるのが怖くて、『お母さんがいないときに死んじゃうから』とかいいました。本気じゃないってわかってたと思うけど。母は、私といるとつらいから仕事に行ってたのかもしれません」

店員が料理を運んでくる。焼鳥とたこぶつとポテトサラダと枝豆。私は取り皿にサラダを取る。彼女はビールを飲む。

「三年生になって学校へ行けるようになったんです。何がきっかけかわからないんですけど、人の話もわかるようになってきて、〈あ、元に戻れた、良かった〉って思いました。元気になって、休んでた分を取り戻すかのように遊びました。家に帰らないで、男の子の家に行ったり、友だちとカラオケに行ったり、髪を赤く染めて厚化粧したりしてました。校則違反なんです。先生はぎょっとして、『直してこい』って、授業中に美容院に行かされたりとかしました」

「どんな気分なんですか？」

「楽しいんです。体が軽くて、なんでもできるような気分なんです。他の学校のバスケ部の男の子とつき合うようになって、しょっちゅうデートして、彼の家にも行きました。そのうち、彼から『顔つきがちょっと変わった』って、『しばらく距離置きたい』っていわれたんです」

「あなたの積極性に、彼はたじたじとしちゃったんでしょうね」

「彼のことが好きだったので、いまでも後悔してます」

「お小遣いは？」

「もらってましたけど、足りなくてバイトしました」

「どんな？」

「クレジットカードのキャンペーンガール、土、日に千葉とか埼玉とかのガソリンスタンドに行って、ミニスカートはいてTシャツ着て、チラシ配るんです。映画のエキストラもやりました。はなやかなところに行きたがってましたね。小説書いて出版社に持ち込んだりもしました」

「へーえ」

「一応、読んでもらったんですけど、分量が少ないから、『もうちょっと書いてもらわないと自費出版もできないよ』っていわれました。音楽専門学校のオーディションも受けました」

「歌をうたったんですか？」

「自分で作った歌をうたいました。ぜんぜん恥ずかしいとか思わないんです。それで審査員特別賞をもらいました」

「すごいですね」

「専門学校は入学させたかったから賞をくれたんだと思います。あと、友だちの彼氏に『遊ぼう』って声かけて、友だちに怒られたり、ともかく行動的なんです。初めて会った人は、元からこういうテンションの高い人なんだって思ったでしょうけど、昔からの友だちは『どうしちゃったの』って」

「睡眠時間は？」

「短くて大丈夫なんです。楽しくて楽しくて、興奮してて、寝てる時間がもったいないんです」

「ご両親は？」

「最初、元気になったって喜んでたんですけど、だんだんひどくなっていくので、このまま放っておいて、これ以上迷惑かけてはいけないと思ったみたいで、私を病院に連れて行きました」

「一番迷惑をかけたことって、どんなことがありましたか?」

「派手なところに出かけていくし、男の子と遊ぶし、夜帰らないし、もっと、とんでもないことをしたんだと思います。そのへんの記憶が曖昧《あいまい》なんです」

精神科の医者は、双極性障害、いわゆる躁鬱《そううつ》病と診断した。鬱状態と躁状態が交互にやってくる病気だ。原因はわからない。

入院して、ベッドに寝て、毎日薬を飲んだ。

「躁鬱病という名前がついたことで安心しました。そうか、病気だったんだって」

一カ月ほどで落ちついてきたと判断され、退院した。その後も通院しつつ薬を飲み続けた。

奥田は〈恥ずかしくて高校へは戻れない、卒業できなくても仕方がない〉と思っていた。担任の先生が同系列の通信制の高校を紹介してくれた。そこを卒業すると、大学までの一貫校だったので、自動的に大学に入れた。

「大学に入れたけど、高校の同級生たちがいっぱいいるから、会ったら嫌だなと思って、そう思ったら電車乗ってて苦しくなったんです。入学して一週間で行けなくなりました。また鬱状態に入ったんです」

「薬を飲んでたんでしょう?」

「はい。でも、一年ぐらいしたら、もう薬いらないんじゃないかって勝手に考えて、飲むのやめました。学校に行けなくて、また、親に迷惑かけてるって思いが強くて、家を出ようって考えたんです。親には民宿でバイトするって嘘ついて、沖永良部島《おきのえらぶ》に行って、スナックに住み込んで働きました。働いてるお姉さんたちもお客さんたちもいい人で、東京から来たというとすごくやさしくしてくれて」

「酒のお酌をしたんですか?」

「はい。ドレスを着て」

「自分としては突飛な行動をしてるとは思わなかったんですか?」

「思いませんでした。後で考えると、あれもやっぱり躁だったんだなと思います」

奥田は二杯目のビールを、私はウーロンハイを注文する。

「沖永良部島から帰ってきて、大学に行くようになりました」

「高校時代の友だちに会っても平気になったんですか?」

「大丈夫でした。躁状態だったんでしょうね。で、彼氏ができたんです。英語の同じクラスの人です。アパートでひとり暮らしをしてたので、彼のところに転がり込んで、いっしょに暮らすようになりました」

「ご両親は心配したでしょう」

「ええ、一応、彼を母には紹介しました。母は〈大学にちゃんと行ってるから、好きなようにしたらいい〉と思ってたんじゃないかしら」

奥田は前髪を何度となくさわる。左目の上で斜めに流れるようにしたいらしい。

「実家に泊まった翌日、大学に行ったら、同じ授業とってるのに彼が来なくて、変だなと思って、アパートに行ったんです。自転車がなくて、家の中にもいない。いままでどこかに泊まるってことのない人だったので、心配になって、警察に連絡したんです。その日の夜に警察署から電話がかかってきて、彼が勾留されてるって、『ショックかもしれませんが、電車の中で痴漢をしました。あなたに身元引受人になってほしいって彼がいってるので来て下さい』って。ええっ！　私、頭の中がまっ白に。でも、行かなくちゃと思って、行ったんです。彼は泣きながら謝って『もう、絶対こんなことはしないから』って。私も泣きました。でも、彼に嫌悪感を持ち始めたんです。そんな気持ちが伝わったのか、『おまえが別れたいっていったら俺は死ぬ』って。〈この人精神的に弱ってる〉と思いました。自分も精神的に弱くなったときがたくさんあったから、心配で、しばらくいっしょにいなくちゃいけないと思いました」

奥田が三杯目のビールを注文する。料理を食べるのは私ばかりで、彼女は料理に手をつけない。

「大学四年生の秋に、二度目の痴漢をするんです。警察から呼ばれて、また彼は泣いたけど、私はもう涙が出ませんでした。別れようと決めました。何回かキチンと話し合ったら、彼もあきらめてくれて、別れることができたんです」

奥田は実家に帰った。

卒業後、ＰＲ会社に就職した。公共事業部に配属になり、官公庁のパンフレットやイベントの仕事に携わるようになった。部員は六人と少ないため、一番若い奥田は、電話番からイベント運営まで、なんでもしなければならなかった。午後十時くらいまでの残業は普通で、休日出勤も頻繁にあった。

「職場の人はみんなやさしくって、楽しく通ってたんです。それが、入社して半年後くらいから、また鬱っぽくなってきて、机の前の電話が鳴ると、泣き出しそうになるんです。〈自分はこの仕事に向いてない〉って思い始めて、冬に大きなイベントがあって、それが終わったら辞めようと、そのときは思ったんです。けど、実際にイベントが終わってみたら、まだ続けられるかもしれないって気持ちになってました」

「鬱から躁に変わっていったということでしょうか？」

「そうだと思います。高校生のときのように大きくぶれることはなくなりましたけど、やっぱり気分が変化するんです」

店の中で、大きな笑い声があがる。見まわすと店内は、会社員でいっぱいになっていた。

「いま、仕事が楽しいんです」奥田が前髪をさわる。「これは躁状態で、病気の自分が感じてるのかなって、思ったりして、でも、仕事に慣れてきて、本来の自分が、本当に楽しいと感じているのかもしれません、わからなくて、それが怖いんです」

「自分で自分がわからないのはつらいですね」

私は、彼女の病気の困難さを思った。額にしわを寄せ、むずかしい顔をしていたのかもしれない。

奥田がニコッと笑う。

「私考えたんです」明るい声でいう。「躁とか鬱のとき、その最中には病気だって自覚がないんです。で、いま、もしかしたら躁かもしれないって思ってるでしょう。それって、躁状態の真っ最中じゃないってことなんですよ。私、いつも確認してるんです。だから、

する方法を見つけ出していた。

彼女は自分の病気とつき合う中で、自分が病気になっているか、なっていないかを判断

大丈夫だと思います」

翌日、奥田からメールが届いた。

「どうしても、昨日お話しできなかったことがあります」と彼女は書いていた。「上原さんが『一番迷惑をかけたことは?』とおっしゃったときに、『思い出せない』と答えたこと。

本当は自分がどんな過ちを犯したか、部分的には覚えています。母に上原さんと会ったと話したら、『あのことは話さなかったの?』ときかれました。

帰りの電車で自分が話したことを思い出していたときも、きちんと話すべきだったと後悔していたので、今メールでお話しさせていただきます。

高校生のとき、躁状態の私は放課後、他の学年の教室や同学年の教室に入り、物を盗みました。最初は文房具や漫画などでした。だんだん、エスカレートしていき、最終的にはお財布にも手をかけました。

大問題になり、私がやったと、バレました。先生たちは、両親を呼びだし、精神科に連

れていってくれといいました。それで、入院することになったのです。

これが躁の一番酷《ひど》い状態のときのことです。

どうしても、自分がそんなことをやったなんて、思いたくなくて、なかったことにしたくて、ですが犯した罪の重さは一生消えませんし、忘れてはいけないことだと思っています。それが罰であると思っています。母をたくさん泣かせてしまったこと、今でもあの頃を思い出しては、どうしてあんな馬鹿なことをしたのだろうと、苦しくなります」

一番つらい記憶は心の底の方に隠れている。

奥田が最初に口にした「嫌な記憶」とはこのことだったのだ。

文身

桐生眞輔《きりゅうしんすけ》は書道家だ。三十二歳、坊主頭であごひげをはやし、金属縁の眼鏡をかけ、ニコニコと笑っている。京都の出身で、言葉遣いがやわらかい。

彼は「文身プロジェクト」という芸術活動を行っている。「文身」とは入墨のことだ。白川静《しらかわしずか》の文字学の中に、「文身」という言葉が頻繁に出てくる。古代、人々は災いを避けるために文字を体に刻んでいたのだという。

「文身プロジェクト」は、まず、自分の体に文字を入れたいという人を探すことからはじまる。彼はネット上で呼びかけている。

次に、その人が入れたい文字についていっしょに考える。そのときになぜ文字を体に入れたいのかをきく。

文字が決まると、彼の得意とする書にする。これは無料だ。

書を体に彫り込む施術は、彫り師に依頼するので有料になる。ちなみに三センチ四方で一万五千円程度だ。

施術が終わり、文身の入った体を撮影する。その写真は作品として公開し、著作権は桐生に属する。

この企画をはじめたのは三年前、彼がいままでに文身にした文字は、魁、笑、愛、結、志、素、忍、変、蘇、飛などだ。

「文身プロジェクト」の発表形式は、文身を入れた人物の大きなモノクロ写真のパネルを展示し、その人がなぜその文字を入れることになったのかを話す音声を流す。文字でも示す。

作品のファイルを見せてもらった。同時にパソコンで音声もきいた。

魁

上半身裸の男性（三十六歳）が正面を向いて立っている。胸や腕の筋肉が盛り上がっている。その左胸のところに、「魁」という文字が入っている。葉書くらいの大きさで、勢いのある行書体だ。

「魁」というのは男性の息子の名前だ。離婚し、妻に親権を渡し、息子と会うことができなくなった。せめて名前だけでも胸に刻んでおきたいと男性は思った。

男性は、桐生のインタビューに答えて、こう話している。

「胸を見るたびに、子ども、どうしてんのかなって思う。落ち込んだときには服の上から胸をさわるんです」

忍
太腿《ふともも》の上に楷書《かいしょ》でかちっと書かれた「忍」の字、その墨が黒々と盛り上がっている。

四十八歳の女性理容師。一回離婚し、再婚するにあたって、彼女には二人の連れ子がいた。夫が子どもたちを虐待した。殴る蹴《け》るだけではない。子どもの目の前で、子どもが飼っている亀《かめ》を沸騰している湯の中に投げ込んだ。

彼女は夫のいないすきをねらって、子どもたちと離婚について相談した。

彼女が選んだ「忍」という文字の意味について、桐生はこうメールした。

「『忍』の『刃』の部分は、『ねばり強く鍛えた刀のハ』のことをいい、それに心をつけて『ねばり強くこらえる心』といいます」

彼女は自分にぴったりだといい、この文字を入れることで自分の人生を変えたいといっていた。

「忍」は彼女の人生を変えたのだろうか。

「その時の彼女は、施術して数カ月後、大学のスタジオで撮影したんです」桐生がいう。「人間関係が複雑で、少し沈んでました」

素

全身裸の女性が椅子に座り、背中を見せている。前かがみになっているので、背骨が竹の節のようにくっきりと見える。その背骨の腰のあたりにB5サイズぐらいの「素」という文字が入っている。青銅器に鋳込《いこ》まれた書体「金文」を使っていて、まるで子どもの描く絵のような素朴な印象を与える。

女性は二十五歳の大学生。彼女の両手両足には、自然の四大要素「水、火、地、風」の記号が入っていた。最後に「素材」の「素」を入れたいのだといってきた。それも手彫りで入れたいという。

「手彫りはね」桐生が少し興奮していう。「バッチン、バッチンって、皮膚がはじける音がするんですよね」

痛そうだ。

「痛がってましたね」彼が顔をしかめる。「でも、彼女にとっては、その痛みがひとつの儀式だということでした。我慢してました」

女性は拒食と過食を繰り返した結果、少し精神を病んでいた。

文身を入れてから十カ月後、彼女は亡くなった。


どうしてこういう企画をはじめたのだろう。

「書道業界にいると、造形美だとか、技術だとか、そういうことばかりをやってる。芸術とか文化って、もっと人と関わって、人の役に立つ要素があっていいと思うし、それが大切だと思うんです。ボクは書道という表現を拡張したいと思ってるんです」桐生の声に力がこもる。


文身を入れたいと思う人たちの多くが、つらい現実をかかえていた。

「文身によって希望とか祈りとか願いとかをかなえたいと思うのは、現実と理想にズレが生じているからかもしれませんね」桐生がいう。

彼らと話をしていて、彼らの苦しみに共感しているのだろうか。

「文身が人の一助になればいいと思ってます。自分も苦しい思いをしてきましたから」桐生が小さなため息をつく。「父親は首を吊って死にました。兄は鬱病で苦しんでいます」

桐生に会ってから、ひと月ほどした頃、新しい文身の施術の日が決まったので、ご覧になるならどうぞというメールがきた。私は伺いますと返信し、その前に、新しい文身の書を見せてもらうことにした。

今度、文身を入れるのは高橋成未《たかはしせいみ》という女性で二十七歳、「文身プロジェクト」の展示を観て感動し、自分も「文身」を入れたいと思ったのだという。

高橋から桐生にメールが届いた。

「やりたいこと、食べたいもの、向かうべき夢、好きな人、何ひとつはっきりしないままの毎日。流されて、なんとなく生きてきた結果、私には何もないのです。自分の意志を強くもちたいと思うのですが、どうしたらいいのかわかりません。そんな自分を表す言葉はないでしょうか」

二人の間で何度かメールのやりとりがなされた。

高橋は大企業の営業職についていて、仕事が好きで、友だちも多い。周りの人のためにするべきことはわかる。だが、自分のためにするべきことがわからない。虚《むな》しいという。

桐生は十九個の文字を提案した。

たとえば、「諦」、テイまたはタイと読む。意味は、つまびらかにする。あきらかにする。真理。さとり。「惺」セイ、ショウ。さとる。心が澄みきっている。「鮮」カイ。とく。とける。不明な点があきらかになる。ときあかす……。

高橋は「惺」の文字を選んだ。「さとる」という意味が自分にとって必要な気がしたし、「セイ」という読みが自分の名前の一部と同じなのも気に入ったからだ。

桐生は「惺」の文字を書にした。高橋の思いをみたすために、また、自分が気に入るように、何回も書き直し、机の前に貼って眺めた。納得できるまでに、一年以上かかった。

「三千枚くらい書いたんじゃないかな」と彼が笑う。

素人《しろうと》の私は、三千回も同じ文字を書くということに驚いた。

「この書とこれから一生ともにしてもらうわけですからね」

そんなふうにして出来上がった「惺」は、縦の線がスッと伸びた繊細な印象の書になっていた。

施術を行うという二月下旬の日曜日の午後。桐生と高橋と私は千葉市郊外の駅で待ち合わせをした。

私ははじめて高橋と会った。痩せていて背が高く、大きな目の女性を見て、桐生の書いた「惺」の字そのものだと感じた。

彫り師亜星《あせい》（三十六歳）がワンボックスカーで迎えにきてくれた。亜星は長い髪を後ろでまとめている。右耳の下に「Ｒｈ＋Ａ」という字が入っている。

亜星のタトゥー・スタジオは十畳ぐらいの広さだ。入口を入るとカウンターがあり、その奥に寝台と椅子がある。窓が大きくて明るい。壁という壁に入墨の原画が貼ってある。記号や龍や波や花や鳥や仏像……。小さなスピーカーからヒップホップ・ミュージックが流れている。

桐生は三脚を立て、蛇腹《じゃばら》のついた四×五の大判カメラをセットしている。

「どこに入れるんでしょう」亜星がきく。

高橋はシャツを脱いで、黄色のキャミソール姿になり、真っ白な左肩を差し出す。

二人は大きな鏡の前に立つ。

「このへんに」高橋が右手で左の肩口をさわる。

亜星が四センチ四方の半紙を高橋の肩口に置く。「惺」の字が紙いっぱいに書かれている。「どうでしょう」彼が桐生にきく。

桐生が高橋の肩口を見る。「この棒をね」といって「惺」の字の「生」の縦棒を指差す。「垂直にして下さい」

「字が入る前を撮っておきたいので、ここに座って下さい」桐生が高橋にいう。

彼女が椅子に座り、左肩を見せる。

桐生はカメラの蛇腹を前後させてピントを合わせる。露出計にコードをつなぎ、ストロボを焚く。ポショッと音がする。レンズを絞り、大きなフィルムをセットし、スイッチを入れる。ポショッ。

亜星が高橋の肩口のところに安全カミソリをあてて産毛を剃《そ》る。「惺」の書を写したカーボン紙のようなものを貼る。一、二分してはがすと肌に書の輪郭が残っている。

電子レンジのような器械の中から針を取り出す。これで滅菌消毒してますからと亜星が高橋に説明する。

「ここに横になって下さい」亜星がいう。

高橋が左肩を上にして寝台に横になる。亜星は高橋の下半身にタオルケットをかける。

彼は椅子に座り、キャスターのついた器械を自分の近くに寄せる。マスクをつけ、両手に薄いゴムの手袋をはめる。

右手に電動針を持ち、左手でスイッチを入れる。

ジジジジジジ……という音がする。

見た目にはまったくわからないが、おそらく針は前後に動いているのだろう。

ビンの蓋のような小さな入れ物に黒の墨を入れる。

「それって、習字の墨なんですか」高橋がきく。

「違います。タトゥー用のインクで、体には無害なものです」亜星が答える。

ライトを高橋の肩口の真上に持ってくる。ライトの横に「惺」の字の半紙をセロハンテープで留める。

「いい字ですね」亜星が傍らに立って一眼レフカメラを構えている桐生にいう。

「ありがとうございます」彼が答える。

亜星が針の先を墨に浸《つ》ける。

「じゃ、やりましょう」

「お願いします」高橋がいう。

ジジジジジ……、
輪郭に沿って針を移動させる。白い肌の上に黒い墨が溢《あふ》れてにじむ。ティッシュペーパーで拭く。少し針を刺すとすぐににじむので、そのたびに拭く。亜星は何度も半紙の字を見ながら、筆文字の微妙な筆致をなぞる。

桐生がカシャ、カシャと撮影する。

ジジジジジ……、
高橋は右手の人差し指を口にあて、目をあけて壁を見つめている。

ヒップホップ・ミュージックが流れている。

ジジジジジ……、

高橋のまつげが上下する。

「痛いですか」亜星がきく。

「痛いですね」高橋が答える。「でも、大丈夫です」

「輪郭が終わりました」亜星がふっと息を吐く。

針を少し太いものに替える。

「中を塗っていきますね」

ジンジンジンジンジン……、少し音が変わる。

小さく円を描くように塗りつぶしていく。

「お仕事は何をなさってるんですか」亜星がきく。

「普通の会社員です」

「バレたら怒られるんじゃないですか」

「バレるような服は着ないようにします」

亜星が針を細いものに替える。左手で皮膚をひろげて、墨の入っていないところを埋めていく。

輪郭の中が完全に墨で埋まる。

消毒液をシュッと吹きかけて、ティッシュペーパーで拭く。

「よし、終わり」亜星がいう。

「ありがとうございました」高橋が顔を上げて自分の肩を見る。

施術は二時間近くかかった。

「惺」の文字が黒く盛り上がっている。彫り終わって数時間は腫《は》れるのだという。

高橋の姿を桐生が四×五のカメラで撮る。角度を変え、照明を変え、ていねいに撮影する。およそ一時間かけて二十二枚を撮り終えた。

亜星が高橋の肩口にフィルムを貼る。かさぶたにしないためだ。

「五日ぐらい湯船には浸からないで下さいね。基本的にはすり傷と同じようなものなので」

「わかりました」そう答えてから高橋は起きあがり、鏡の前に行く。

「どうですか」桐生がきく。

「いいですね、大切にします」彼女は鏡の中の自分の肩口をじっと見つめている。

この日、施術を始める前にこんなことがあった。

高橋がシャツを脱いで左肩を見せながら、「なさけない跡が残ってるんです。この上に字を乗せて見えないようにしてもらいたいんです」といった。

左肩を見た亜星が「ああ、これですか、消せますよ。いつ頃ですか」ときいた。

「中学生のときです」高橋が小さな声で答える。

私は〈予防注射の跡かな〉と思った。

桐生も彼女の肩を見た。「ああ」といった。

私も見た。

そこには一センチくらいの大きさの「K」という文字が入っていた。点々で描かれていて、よく見ないとわからないくらいに薄い。

その瞬間、私は甘いような悲しいような、なんともいえない気分になった。

おそらく、中学生の頃に、お互いに好きになった相手がいて、お互いが相手の肩口をコンパスの先で刺し、自分のイニシャルを入れたのだろう。

消えかかっている点々の「K」と「文身プロジェクト」はつながっている。体に文字を入れて何かを誓う。それは、古代の人が災いを避けるために体に文字を入れたこととつながっている。

桐生の撮影が終わってから私たちは食事に出た。それから亜星が車で駅まで送ってくれた。

午後八時。桐生と高橋と私はプラットホームに立っている。

「今度、大学のスタジオで撮影させて下さい」桐生が高橋にいう。

「わかりました」彼女が答える。

桐生自身、自分に文身は入れないのだろうか。

「百人目は自分にしようと決めてるんです」桐生が微笑《ほほえ》む。

日曜日の夜、郊外の駅には私たち三人以外の人影はない。

さきほどから、高橋が左の肩口を右手でさわっている。

私はなにげなくその手を見た。

すると、高橋が笑ってこういった。

「じーんとしてます」

ずっと母を殺したかった

事務所ビルの五階の一室、テーブルに椅子が四脚。テーブルの上には卓上カレンダーとデジタル時計が置かれている。窓からは夕暮れの街が見える。曇り空の西の方がうっすらと赤い。

若者の就職支援をしているNPO法人の会議室に私はいる。ここで働く三十歳の安田英文《やすだひでふみ》が私の本を読んで、自分の話をきいてほしいとメールをくれたのだ。私が受付で挨拶をすると、安田が出てきて、「すぐに仕事が終わるので、すみません、少し待っていて下さい」といって、ここに案内してくれた。

しばらくすると、安田がペットボトルを二本持って入ってきた。その一本を私に渡し、テーブルの上に手帳と携帯電話を置いた。ソフトモヒカンスタイルの短い髪、チェック柄のシャツにグレーのズボン、背の高さは百七十センチ程度で俳優の香川照之《かがわてるゆき》に似ている。

挨拶がすみ、「話をきかせて下さい」と私がいうと、安田は私から目をそらし、考え込むようにゆっくりと話しはじめた。

「ものごころついた頃から、母はアル中でした。夕方の五時か六時になると飲み出すんです。コップに半分飲んだだけで、人間じゃなくなるんです。顔がグシャグシャになり、台所にへたり込んで、わけのわからないことをつぶやきはじめるんです」

何度も同じことをいい続けるのだという。その内容は父のことだったり、親戚《しんせき》のことだったり、友だちの母親のことだったりするが、ほとんど支離滅裂で何をいってるかはわからない。ただ、恨みがましい感じだけが伝わってくる。二部屋しかないアパート暮らしだったので、彼と四歳下の弟はテレビを観ていても、母の声がどうしても耳に入ってきて、陰うつな気分に侵された。小学校三年生になって友だちの家に遊びに行くまで、それが異常なことだとは知らなかったという。

「友だちの家の夕食は会話があって楽しいのに驚きました」安田が笑う。「こういう家に生まれたかったなーって思いましたね」

母は、自分が飲む前に夕食を作って子どもたちに食べさせた。が、しょっちゅう先に飲んでしまって、食事を作ることができなくなった。そんなときは帰ってきた父が夕飯を作ってくれた。

父は家の中で酒を見つけると、すぐに流しに捨てた。そして、「オレといっしょに飲むならいいけど、絶対ひとりで飲むな」といっていた。

「冷蔵庫の中だと」安田がいう。「すぐに見つかるので、母は、こそこそと自動販売機に買いに行っては、押入の奥とか納戸の奥とかに隠してました」

父は、子どもたちのためだからと母を説得した。三カ月間病院に入れた。

戻ってきた母は、すぐにまた酒を飲んだ。

「弟や私のことを思ったら、お酒ぐらい我慢できるだろうって、小学生の私は思ったんです。母は私たちよりお酒をとったんだなって」

「毎日毎日、母がおかしくなる時間になるといやーな気分になるんです」安田がテーブルの上で両手を組み合わせて握っている。「小学校高学年になってから、飲んでブツブツいってる母を、私は何度か殴ったり蹴ったりしました」

「殴られたお母さんはどうしましたか？」

「よけいに大きな声でブツブツいうか、ぐったりして寝てしまうかです。寝たら静かになるんでうれしかったですね」安田がため息をつく。「朝になると、コタツとかカーペットが臭いんです。おねしょをしちゃって」

「……」

「ずーっと母を殺したいと思ってました」安田の握りしめた手の指先が白くなっている。

「中学校三年生のとき、区役所に住民登録か何かに行った帰り道、母が、いままで隠しておいて悪かったけど、私たちは朝鮮人なんだよっていったんです」

私は安田を見た。彼は窓の外を見ている。

両親の親戚は、山口県で同じ在日朝鮮人同士で寄り添って暮らしている。彼の本名は「チャ・ヨンムン」だという。

それまで安田は、北朝鮮や韓国を漠然とだが蔑視《べっし》していた。ところが、自分がその蔑視の対象だといわれて、頭の中は真っ白になった。

彼は何もかもから逃げ出して、勉強に打ち込んだ。部活を辞め、テレビは観ないことにして、塾に通い、なるべく家にいないようにした。家にいるときは耳栓をして勉強をした。

それでも母の声がきこえてくる。

「うるさい！」安田は母の脇腹や足を蹴った。

勉強の成績は上がり、私立の有名大学の付属高校に受かった。卒業すればほぼ自動的にその有名大学に入れる。

「お母さんを」安田がいう。「山口に帰してよって父にいったんです。お母さんがいたんじゃ勉強できないからって」

「お父さんはなんて?」私がきく。

「しょうがないなって」

そのことを父が母につげると、母は騒ぎだした。裸足《はだし》で外に飛び出して走り回り、ふくらはぎを切って血まみれになり、救急車で病院に運ばれた。

最後まで母は実家に帰ることを拒んでいた。当日になっても動かない。夜になり、父は母を強引にタクシーに乗せて、東京駅まで連れて行き、いっしょに夜行バスに乗った。

「帰ってきた父は」安田がいう。「ひとことも口をきかなかったですね」

彼の話は二時間近く続いた。続きは後日きかせて下さいと私はいった。外は真っ暗になり、私たちの姿だけが窓に映って浮かんでいた。


青空に小山のような雲がいくつも浮かんでいる。その下に緑の河川敷と青い川が横たわっている。河川敷のグラウンドでは少年たちが野球をしている。

安田と私は、彼の実家のある江戸《えど》川沿いの町に来て、堤防の上を歩いている。

「家にいたくないので」安田が上流の方を眺めていう。「よくここを走ってました」

「夜ですか?」私がきく。

「ええ、夜に走ってましたね」

家族連れの自転車とすれ違う。赤い野球帽をかぶった男の子二人が先を走り、両親が後ろに続く。

「父を殴りました」安田が家族連れを見送りながらいう。

「お母さんがいなくなってから?」私がきく。

「はい、それまでたまってたものが爆発したんでしょうね、なんでアル中の母なんだ、なんで在日なんだって」

「お父さんは?」

「黙ったまま、抵抗しませんでした。弟が止めに入って、我に返りました」

そんなことがあったので、高校の担任と父と安田の三人で話し合った。安田が、気力が湧かないことや夜眠れないことを訴えると、精神科医を紹介してくれた。病院に行くと、鬱病だと診断された。抗鬱剤と睡眠導入剤をもらった。薬を飲むと眠れるようになった。が、気力は湧かなかった。三年に進級できず、留年することになった。

精神を病んだのは受験勉強を頑張り過ぎたことが原因だった、と彼はいう。

結局、安田は二年生で中退する。そして担任の先生の紹介で、定時制単位制高校に通うことになった。

「あそこが実家です」安田が白い建物を指差す。

堤防沿いに二階建ての家がびっしりと並び、その中にひとつだけ三階建ての白いアパートがある。私たちは堤防を降りて、アパートの前に立つ。

「一階の真中です」安田がいう。

ベランダが物置のようになって荒れている。アルコール依存症の母が毎晩グチをいい、弟と二人でそれをきいて過ごした部屋はここだという。私はしばらく立って眺めていた。

安田が下流の方向へずんずん歩きはじめた。私はついていく。しばらく歩いて、大きな病院の裏口で立ち止まった。

「ここで」安田が私をふり返る。「自殺しようとしたんです」

「いつですか？」

「定時制に入り直した年の秋です」

「理由は？」

「中退したことを悔やんだり、母のことを思ったり、卒業後どうしたらいいか不安になったり、そんなこと考えてたら、生きててもつらいことばっかりだなーって」

「どんなふうにしたんですか？」

「二年以上精神科に通ってると、あまった睡眠導入剤が溜まってくるんです。五十粒ぐらいあったかな、ここに座って、ペットボトルの水で一気に飲みました。苦いなと思ったら、意識がなくなってました」

意識が戻ったのは四十時間後、病院のベッドの上だった。父と弟がいた。母には知らせてないと父がいった。それをきいて彼は安心した。

後日、精神科の医者に睡眠導入剤では死ねないよといって笑われた。

私は安田がそうしたように、裏口の前に座ってみた。見えるのは緑の堤防と空だけだ。彼が薬を飲んだのは夜だったというから、堤防の上には星が輝いていたかもしれない。

「病院の裏で飲むなんて」私が安田を見上げていう。「助かりたいという気持ちがどっかにあったんでしょうね」

「あったんでしょうね」安田が笑う。

私たちは堤防を登る。足元から草の匂いが立ちのぼってくる。

「自殺未遂をして」安田が息をはずませながらいう。「吹っ切れたんです。こんなに落ち込んでてもしょうがないなーって、それからは気分が上向いてきたのを覚えています」

彼の気持ちがわかるような気がした。

海で溺れたときには、もがかないで沈め、沈んで沈んで底の岩に足が着いたときに、ちょっと蹴れば浮かび上がって助かるという。安田も底に足が着くところまで沈んだのだろう。

高校卒業後、安田は長野県のレタス農家に住み込みのアルバイトに行った。朝四時に起きてひたすらレタスを収穫する。雨の日も合羽を着て収穫する。半年間、自然の中で体を酷使することで自信がついた。農業が好きになり、おまけに、薬をやめることができた。

「薬を飲む間もなく疲れてすぐ寝ちゃうんです」安田が私を見て笑う。

私たちは堤防の上を駅に向かって歩いている。

その後十年近く、彼は農業を仕事にできないかと模索した。その結果、土地も資力もない自分には無理だと判断して、いまのNPO法人に入った。やりたい仕事とは違うがいまの職場は人間関係が気に入っている。

「頑張りすぎて一回病んだことがあるので、つらくなったら、上司にいうようにしてます。正直にいえば、配慮してくれるんです。ありがたいなーって思ってます」

河川敷の野球グラウンドから歓声があがる。打者がベースを回り、外野手が転がるボールを追いかけている。鉄橋を渡る電車の音が川面《かわも》に響いている。

別の日、私は中央《ちゆうおう》線沿線にある安田のアパートを訪ねた。三階建ての二〇五号室、インターフォンを押すと彼がドアを開けてくれた。入ったところが台所、奥にユニットバス、左手に寝室兼居間がある。

　私は案内されて、居間に入り、小さなちゃぶ台の前に座った。部屋にはテレビがない。あるのはノートパソコンだけだ。隅の方に洗濯物が畳んで重ねてある。彼がインスタントコーヒーの入ったカップを二つ置く。

　なぜ、母がアルコール依存症になったのか、安田はずっと考えてきた。原因は三つぐらいあるという。

　ひとつは内向的な性格で、自分の悩みを人に相談できなかったからだ。

　もうひとつは父との関係。父は東京で働いていて、故郷の山口県に見合いをしに行き、お互いに在日朝鮮人だということだけで母と結婚し、東京に連れてきた。誰も知らないところに連れてこられて、母はさびしかったのに違いない。

「それに」安田は私が持ってきたクッキーを皿に出しながらいう。「父は母のことを好きじゃなかったような気がします。どうしても妻を守りたいっていうところが父にはなかったから」

　三つ目は、在日朝鮮人だということがある。両親ともいじめられた経験があるらしい。日本人社会の中で孤立感があって、母は何かに依存したくなったのだろう。

「父も母もあきらかに在日であることを隠して生きてましたから」

私はトイレを借りるので席をたった。

戻ると、安田は洗濯したシャツを押入にしまおうとしている。押入の中に三、四十枚ものシャツが吊るしてある。

「すごい量ですね」私がいう。

「シャツだけはいっぱい持ってるんです」安田が笑う。「母も着る物を買うのが好きでした。変なところが似ちゃって」

〈あんなに嫌っていても、親子だから似てるところがあるんだ〉と私は思った。

「お酒を飲んでいないときのお母さんはどんな感じの人なんですか」私がきく。

「細身で、きれいなほうだと思います」彼が首を傾げて思い出しながら話す。「家族四人で旅行に行きました。箱根とか福島のハワイアンズとか」

「旅館で食事するときには飲まないんですか?」

「飲みます。でも、そういうときは大丈夫なんです。楽しいからでしょうね。弟が学校のこととか友だちのことを話すのを楽しそうにきいてました」

安田が手のひらで胸を押さえている。

「あと、花の好きな人でした。誕生日に弟と二人で花屋さんに買いに行ってプレゼントしたら、すごく喜んでくれた」

母が山口県に行ってからも、安田は月に一度電話をしていたという。どうしてだろう。

「心の底では母のことが好きなのかもしれませんね。酒の入った母は許せませんけど」

何度か会いにも行っている。

一度会いに行ったとき、母は焼鳥屋で働いていた。彼はその店で飲んで食べた。母はテキパキと働いていた。そんな姿を見て、安田は少し安心した。

「母の仕事が終わっていっしょに帰るときに、ファミリーレストランに入ったんです。母が『疲れちゃった、ビール飲んでいい？』って、『いいよ』って私はいったんです。一杯飲んだら、表情が一変しました。一瞬にして昔に戻った。表情が崩れて、お祖母ちゃんの悪口とかをグズグズいいはじめた。ああ、やっぱりダメだなこの人はって思いました」

私はコーヒーを飲む。彼がクッキーを口に入れる。そのかじる音がきこえて、部屋の静けさを感じた。

安田はもう一度母に会いに行ったという。

そのとき、母は精神科病院に入っていた。面会の場所に現れ、母が照れたような笑い顔をした。安田は父のことや弟のことを話した。「こんな親でごめんね」と母はいった。「今度はぜったいお酒やめるから」彼は信じなかったが、「うん」と答えた。

二年後、母は死んだ。酔っぱらって赤信号を渡り、車に轢《ひ》かれた。四十八歳だった。

「あのとき会ったのが最後でした」安田はちゃぶ台にひじをついて、額に手をあてている。私からは彼の表情が見えない。「帰るときに、従兄《いとこ》の車の助手席に乗ったんです。病院の窓には鉄柵《てっさく》があって、母が鉄柵の向こうで手を振ってました。泣いてました。それを見て自分も涙が出て、ずーっと母の姿が車の後ろに移動していくのを目を離さずに追って、どんどん小さくなって……」

安田は額から手を離そうとしない。


駅まで送っていくと安田がいうので、二人で夜の商店街を歩いている。

「事故に遭う二日前も、母と電話で話してるんですよね」安田がいう。

「どんな話をしたんですか？」

「風邪ひいてました。調子悪そうで、頭が痛いとかいってました」

「お葬式は山口県の方で？」

「ええ、父と弟は電話もしてないし会いにも行ってないのに、告別式では泣いてました。

私は涙が出ませんでした。そのへん何なんでしょうね」

「……」

駅に着く。私は話をきかせてもらった礼をいい、ひとつだけ気になっていたことがあるのできいてみた。

「部屋にお酒、なかったですね」

安田が私の目を見ていう。

「家では絶対飲みません。怖いんです」

八年目のファクス

毎年十月二十七日になると、根本《ねもと》家にファクスが届く。根本賢相《けんしょう》（六十七歳）はそれを楽しみにしている。自分が読んでから妻の百合子《ゆりこ》（六十六歳）に渡す。彼女が読み終えると、それを仏壇に供える。そんなことが八年近く続いている。古いファクスはファイルに綴《と》じてある。

ファクスの出だしはいつも同じ。「根本、おっつぅ〜」となっている。呼びかけられている「根本」というのは、賢相のことではない。百合子のことでもない。彼らの娘、陽子《ようこ》のことだ。呼びかけているのは笹原浩平《ささはらこうへい》（六十歳）。陽子の職場の上司だ。「おっつぅ〜」というのは彼らの間で、「お疲れ様」という挨拶をそういっていたらしい。

（一年目のファクス）

根本、おっつぅ〜！　そっちはどうだ？　意外と快適か？　毎日俺がお前の写真に話してんの知ってるよな？　まさか「きいてないよ〜」は無しだぞ。

お前がそっちにいったなんて、今でも信じらんないよ。あのときはショックだった。ミキから電話がきたんだけど、「なにウソついてんだ」って思ったよ。「死んだ？　はあ？　根本が？　だってあんなに元気だったじゃん、ウソだろう」っていったけど、ミキがガン泣きしてたから、これはマジだと思った。

棺《ひつぎ》の中、小さな身体《からだ》だったね。お前のことだから、そっちでも、みんなに好かれて楽しくやってるんだろうな。パパの英会話教室はうまくいってるのかね？　ママも少しは立ち直ってきたかな？　お前がいなくなって、みんな本当に悲しい思いをしたんだよ。夢の中でいいから、ご両親に孝行してやれよ。それから、俺んとこにも出てこいよ！　な。


根本陽子は二十七歳でこの世を去った。

結婚してハワイに新婚旅行に行き、帰ってきて「いま、成田《なりた》に着いた、明日お土産《みやげ》持って行くからね」と母親に電話をして、その翌朝に亡くなった。急性心不全だった。

葬式は夫の実家の近くで行われた。会葬者が千人近くにも及び、陽子の交友関係の広さを示していた。

葬式の後、夫側から親戚関係を絶ちたいという申し出があり、賢相も同意した。夫にはこの先長い人生が待っていて、陽子への思いに引きずられていてはいけないと考えたからだ。

そう考えた賢相自身、娘への思いにとらわれ続けている。

「好きだった趣味が全部イヤになってしまったんです」と彼はいう。「ブルーグラスのバンドもゴルフもクラシック音楽もドライブもみんな嫌いになった。自分が楽しむことに罪悪感のようなものを感じるんです」

賢相と百合子は、二人だけのときに娘の話はしないようにしている。泣き出すに決まっているからだ。

「テレビ観てるときにね」と百合子が小さく笑う。「悲しい場面があるでしょう。それにかこつけて、お互いここで涙流しとこうって感じで泣くんです」

当然ここにいるべき娘がいない、そう考えると夫婦は自分たちだけで楽しむことができなくなった。旅行に行かなくなったし、外食もしなくなった。

そんな二人を慰める日が一日だけある。それは命日の十月二十七日だ。陽子の学生時代の友だちがやってきていっしょに食事をしてくれる。それに笹原からファクスが届く。その日だけは、心おきなく娘の思い出に浸ることができる。

（三年目のファクス）

この前、神宮《じんぐう》の花火大会のポスター見てさあ、お前とミキと俺とで行ったこと思い出したよ。渋谷《しぶや》からタクシー乗ったら渋滞でさ、お前、地元だから裏道知ってて案内してくれたよな。焼きそば食べたり、ビール飲んだり、でかい花火に大騒ぎしたりしてさあ……。

去年、パパから電話もらったよ。俺、元気出して話したけど、やっぱり涙出ちゃったよ。

実は、俺の女房が先月、自宅で倒れたんだよ。子どもたちがすぐに病院に運んだけど、脳内出血だった。左半身完全にマヒしてるよ。さすがに今回は俺もまいった。

お前と話がしたいよ。たまには夢に出てこいよ。正月に会ってから全然出てこないじゃんか。

死んだ者は変わらないが、生きている者には様々な事が起こる。

賢相と百合子は、娘を枠にはめないようにして育てた。中学校から短期大学まで一貫している私立の女子校に入れた。中学・高校は体操部で活躍し、大学はバスケットボール部で楽しんでいた。友だちが多く、陽子は男言葉で話していた。その結果、家庭でも職場でも男言葉を使うようになった。父親のことを「ケンショウ」、母親のことを「ユリコ」と呼び、自分のことは「ヨコちゃん」といっていた。

子どものころから、陽子は周りを楽しくさせる人だったという。

「いつも周りの人に気を配ってるんです」百合子がいう。「私の母がいっしょに暮らしてたときですけど、母と私がちょっといい争ってて、そんなとき、あの子が帰ってくると、さっと雰囲気を察知するんです。で、母の傍に行って『お祖母ちゃんどうした？　ユリコと何かあった？　お祖母ちゃんユリコなんかに負けんじゃないよ』って、母は『うん』ってうなずいて元気になるの。私は台所でそれをきいてて、あの子が母にそういってくれることが、うれしいのよね」

「会社のことを面白おかしく話してくれたね」賢相が百合子にいう。

「『笹原部長はね』」百合子が陽子の声色《こわいろ》を真似て話す。「『女好きなんだよ。だから、ヨコちゃん、大きな声で、セクハラ部長、セクハラ部長って呼ぶんだ、そしたら頼むからそれだけはやめてくれって』ね」

「あの頃は、毎晩のように夜の一時近くまで、陽子の話をきいて涙流して笑ってた」

「楽しくって楽しくって」

「面白い子だったね」

賢相は外資系の金融関係で働いてきた。いまは退職し、原宿《はらじゅく》の自宅で英会話を教えている。彼の経験から、自由奔放な陽子は、外資系の会社でなければ勤まらないだろうと考えていた。学校を卒業してから、二年間英語を勉強させた。そして外資系のカード会社に就職させることができた。そこにいた上司が笹原だ。

毎年ファクスを送り続ける笹原に話をききに行った。

「陽子さんってどんな人でしたか？」私がきく。

「細くて、小さくて、百五十三センチっていってたかな、可愛い顔してました」笹原が思い出して笑う。「朝、私が自分の席にいると、柱の横から顔だけちょこっと出して、『おい』っていうんですよ。『なんだよ』『タバコ吸いに行こうぜ』『さっき吸ったよ』『そんなこというなよ、もう一回行こうぜ』って。変わってるでしょう。私は上司ですよ。廊下を歩いてると肩組んでくるんです。『どこ行くんだよ』って、『支社長のところに資料持って行くんだよ』『そうか、頑張れよ』って、こんな調子です」

陽子の仕事は、未払いの人へ電話で催促する回収業務だ。その電話のときは敬語を使っていたという。

笹原は業務全般を管理する部長だ。

陽子は二十人の部下をかかえるグループリーダーで、部下には自分より年上の人が多かった。

「外資系の自由さはあるんですけど」笹原がいう。「結局数字、数字ですから、その面では厳しいんです。私が彼女に『こんな数字じゃダメだよ』っていうと、『だけどヨコちゃん一生懸命やってんだよ』って、『一生懸命やってたら数字変わるはずだろう』そういって怒ると、悔しいんでしょうね、目がうるうるしてくる。『なんだよ、そんなことといったら泣いちゃうじゃないかよ』って。『お前泣いてもダメだぞ、もっと良い数字だせ、改善しろ』『わかったよ』プイって席に戻っていく。

それで数字が良くなってきて、『お前んとこ、最近数字良いな』っていうと、『だろ、だろ、見た』って、『毎日見てるよ』『良いだろう、ほめてくれよ』『ほめてやるよ』『ちゃんとほめてくれよ』『良くやったな』っていうと、すごく喜ぶんです。

私はいろんな部下とつき合ってきたけど、あんなに仲良くなったのは彼女だけですね。一日いっしょにいて飽きないんだから」

「どんなところが彼女の魅力なんですか」

「明るいし、のびのびと生きてる感じが伝わってくる、アイツが傍にいると、こっちまでのびのびとして楽しくなってくるっていうのかな。

困ったことがあって、私が頭かかえて仕事してると、机の横のパーテーションの上から手が出てきて、チョコを五、六個バラバラって置いてってたりする」

「そういう気づかいをするんですね」

「いいヤツなんですよ。夕方になると、『今日はどうよ』ってメールが来るんです。『メンバーは？』って返信すると、『三平《さんぺい》、ミキ、ガン、ヨコちゃん』『じゃ、先に行っててくれ』って、ほぼ毎日飲む。といっても二時間ぐらいですけどね」

「飲み屋で仕事の話をするんですか」

「仕事の話はほとんどしない。若いもの同士の会話ですよ。音楽とか洋服の話とか、こっちはきいてるだけ、それと金を出すだけ。ときどき、『オヤジ、これ聴いてみろよ』とかいってCDを貸してくれたりしましたけど」

「誰のCDですか」

「そのときはトミー・フェブラリーだったかな。まあ、流行の音楽です。それと、帰りなんですけど、アイツは原宿で降りるんです。こっちは新宿経由八王子《はちおうじ》ですから電車の中にいる。そうすると、ドアの前に立って、でかい声で『じゃな、オヤジ、明日な』って大きく手をふるんですよ。けっこう混んでる電車だから、恥ずかしくってね」

「どうしたんですか」

「仕方ないから、私も手をふり返しましたよ」

（六年目のファクス）

この前、お前の大好きだった「あかまんま」に、鶴田《つるた》とミキとガンの四人で久しぶりに行ったよ。ヒゲのマスター、覚えているだろう？　彼が『顔の小さな可愛い人、会社辞めたの？』ってきくからさ、死んだって教えたら、急に涙ぐんじゃって「いっつもフライドポテト美味しいっていってくれてたのにね」って。しんみりしちゃったよ。ここにいて当然のヤツがいないとさびしいもんだよ。

ウチの女房は相変わらずマヒしたまま。平日はヘルパーさんにお願いして、土日は俺が家事全部やってる。料理がうまくなったよ。

ところで、会社は親会社が変わって、ひどいもんだよ。みんなリストラに遭ってるよ。俺ももうすぐだな。もう五十八だから、サラリーマン人生も終わりだね。お前といっしょに仕事できて楽しかったよ。

お前のこと絶対忘れないからな！　寂しくなったらいつでも出てこいよ！　じゃあな。

「どうして毎年、陽子さん宛《あて》にファクスをしてるんですか」私がきく。

「突然いなくなったからショックでね、アイツがくれた写真が机の上にあるんです」笹原が手で大きさを示す。キャビネサイズだ。「それを見ながら、メールしてた頃の調子で書いてると、一瞬、アイツがいるような気持ちになる。そこから顔出して、『おいオヤジ』って。ときどき、夢にも出てくるしさ」

「どんな夢を見るんですか」

「二年くらい前だけど」笹原が頭をかいて笑う。「白いダウンジャケット着てた。私が『金貸してくれよ』っていったら、ポケットから五百円玉二枚出した。『そんなんじゃ足りないよ』って、『これしかないんだから仕方ないだろう』って。変な夢ですよ」

「最近はどんな夢を見ましたか」

「ここ一、二年アイツ出てきません。亡くなってから、もう八年だからね。正直なところ、年々、薄らいではきてますよ。そういうもんでしょう」

　賢相と百合子に再び会った。

　笹原と会ったことなどを伝えた。

　二人と話をしていて、居間の隅にギターがたてかけてあるのに気がついた。確か前にはなかった。そのことをきくと、やめていたブルーグラスのバンドを再開したのだという。

「この人が」百合子が思いだして笑う。「はじめて人前で歌ったときに、陽子が見に来たんです。『頑張れケンショウ』って大きな声で、ね」
「上がっちゃうし、下手だったし、おたおたしてたからね」賢相が笑う。「どうにか演奏が終わって、そうしたら、陽子が傍に来て『ケンショウが楽しんでる姿見るのヨコちゃんうれしい』っていってくれたんです。その言葉を思い出してね。あの子が喜んでくれてるんだからと思って、またやることにしたんです」
たてかけてあるギターの横に額に入った写真が置いてある。黄色のドレスを着た陽子が微笑んでいる。

八年目のファクスが根本家に届いた。

根本、おっつぅ～！　急だけど、今夜飲み会実行！　場所は「あかまんま」メンバーは、片岡《かたおか》、鶴田、ガン、工藤《くどう》、ミキ、三平、俺、お前（写真参加な）。懐かしいだろ。一番可愛い写真持ったから安心しろ。

ログハウス

車から降りると佐藤正己《さとうまさき》（二十九歳）は、敷地の境を示す鎖をまたいで庭に入っていく。髪は茶色で背が高く、紫色のジーンズの上に紺のダウンジャケットをはおっている。庭は薄い雪に覆われていて、一歩踏み出すたびにザッザッと音がする。庭の真中まで歩いていき、佐藤は振り返って、人気のないログハウスを見上げる。

「おやじと木材の輸入元のカナダ人二人で建てたんです」佐藤がいう。

「たった三人でできるんですね」私がいう。

「祖父が大工だったんで、おやじ手先がすごく器用なんです」

佐藤が小学生のとき、東京出身の両親に「みんな田舎があるのにうちはないの」といった。それをきいた父親が八《やつ》ヶ岳《がたけ》のふもとに土地を買い、このログハウスを建てた。週末になると家族三人でやってきた。バーベキューをし、山歩きをし、畑を作り、冬にはスキーもした。父親はコマーシャル映像に音楽をつける仕事をしていた。当時は景気が良く、収入も多かった。

「あそこ」佐藤が二階を指さす。

二階の壁から外に一メートル四方の箱のようなものが二つ突き出ている。

「あれ、ラッパスピーカーのお尻を入れるためにおやじが作ったんです。二階は豪華なオーディオルームになってました」

「ここなら大音響できいても文句出ないでしょうからね」私はあたりを見回す。灰色の冬木立の中に三角の屋根の家がぽつんぽつんと見える。

佐藤がログハウスの太い木に触っている。

「この家はおやじの人生の勲章のようなものです。でも、八年前に手放したんです」

二〇〇五年の三月二十九日、大学三年生だった佐藤は友人たちと酒を飲んだ。店を出たあとひとりになり、一年前に別れた彼女が恋しくなって電話をかけた。すでに彼女には新しい恋人がいた。話しているうちに、よりを戻したい気持ちがつのり、長々と話し続けた。電話をしながら御茶ノ水《おちゃのみず》駅から大手町《おおてまち》駅まで歩いた。あきらめて電話を切ったのは、すでに三月三十日の午前一時半をまわった頃だった。携帯電話は電池切れになっていた。家に帰り着くと失意と疲れですぐに寝込んでしまった。朝、鳴り続ける電話の音で起こされた。

出ると、すでに職場に出ている母親からで、「お父さんが死んじゃった」といった。
三月三十日の未明、父親は代々木《よよぎ》公園で首を吊って死んでいた。五十六歳だった。

二〇〇〇年代に入り、コマーシャル音楽の仕事が減った。専業主婦だった母親は働きに行くようになり、事務所をたたんだ父親には借金が残った。そんなことがあって、両親は離婚をし、死ぬ半年前に父親は家を出ていった。佐藤は引越しの日以来、父親とは会っていなかった。

父親は何人かの人に遺書を残した。そこに借金の処理の仕方も書いてあった。計画的な自殺だ。もちろん、佐藤にも遺書が残されていた。

「挫折《ざせつ》、絶望、屈折、虚空って四つの言葉が並んでて」佐藤がいう。「それが人生だけど、生きる気力がなくなったから先に逝く、お前は好きなことにまっすぐ強く生きなさい、八ヶ岳の家を残してやりたいけど、どうするかは母さんと話し合って下さいって、A４の紙に書かれた短い手紙でした。そういう冷静な手紙とは別に、死ぬ直前に公園で書いたと思われる走り書きがあって、乱れた字で、正己に会いたいって書いてあったんです」

「……」私は佐藤を見る。

「実は」彼がジャケットのポケットに手を突っ込んで肩をすぼめる。「後で携帯を充電したら、おやじからの着信履歴が残ってました、三度も。死ぬ直前の時間です」

「……」

「もし、電池切れになってなくて話ができたとしたら、おやじを思い止《とど》まらせることができただろうか、たとえできなくても、最後の言葉はきけたんですよね、おやじ何をいいたかったんだろうって思うんです」

ログハウスの屋根の上には澄んだ青空が広がっている。

雪で覆われた庭の向こうは白樺《しらかば》の林になっていて、数本の樹《き》に巣箱が取りつけられている。佐藤がゆっくりと家の周りを歩く。

「子どもの頃、おやじは怖い人でした。ぼくが母に甘えてぐずってると、すごく怒りました。竹刀《しない》で叩かれたこともあります。そのおやじが、ぼくが大学生の頃に、仕事がうまくいってないっていったんです。見栄《みえ》っぱりなんで弱音なんか吐いたことない人なんですよ。ぼくは、弱音を吐くおやじを見て、なんか小《こ》っ恥《ぱ》ずかしくなっちゃって、子どもが大学出るまで面倒見るのは親の務めだろうなんていったんですよ」

「後悔してますか」

「うーん、男親と男の子って、けっこう距離ができちゃうんですよ。それに、ぼくは鈍感なんです。家が金銭的に困ってるなんてぜんぜん思ってなかった。父がそんなことといっても本気で受けとめなかった。母が働き始めたら、その時点で気づかなきゃいけないんですけどね」

「仕事が減ってきたとき、お父さんは転職を考えなかったんでしょうか」

「たぶん、ぼくが小さくて、養わなければならなかったら、何でもしたと思うんです。だけど、もう二十歳だし、扶養義務はないし、おやじは自分のやりたい仕事しかやりたくないって考えたんだと思います。ぼくからすれば、そういうやりたい仕事を持てたってことが幸せといえば幸せだと思うんですけどね」

　佐藤自身は考古学を究めようと大学院までいって勉強をした。が、途中で自分のやりたいこととは違うと気づき、方針転換をして情報関係を研究する別の大学院に通った。そして現在、テレビ番組を作っている映像制作会社に勤めている。

「自分の好きなことを突きつめようとして、それがわからなくなったモラトリアム人間のなれの果てです」と自嘲的に笑う。

　ログハウスの西側の壁に薪がきれいに積み上げられている。

「この薪置き場もおやじが作ったんです」

地面から二十センチの高さに棚板があり、薪はその上に置かれていて、上には雨がかからないように庇《ひさし》がついている。

「ここがずれてるのをおやじは気にしてました」佐藤が薪置き場の側面を指す。側面の板が棚板の下に一センチはみ出している。「『そんなとこ誰も見ないわよ』って母がいったら、おやじが『大工は見る』って」

子どもは両親の会話をきいて、覚えていた。

「ご両親はどこで知り合ったんですか」

「仕事でだと思います。母は西城秀樹《さいじょうひでき》とかのバックで演奏するピアニストだったんです」

「音楽でのつながりなんですね」

「だけど、母はピアノが大嫌いなんです。祖母に英才教育をされたことを恨んでて、指を強くするために毎日煮干しを食べさせられたとかいってました。結婚して専業主婦になったらまったくピアノの前には座りませんでした。いま働いてるのも音楽とはまったく関係ない事務職です」

「両親は仲が良かったんですか」

「ぼくから見たら、仲の良い方とは思えなかったですね。二人だけで旅行するなんてこともなかったし、でも、母はいまでもおやじの写真を飾ってます。夫婦のことはわかんないですよね」

私たちは家の北側にいる。

「スズメバチがあそこに巣を作ったことがあったんです」佐藤が屋根の縁を見上げる。「『二人とも家から出るな』っておやじがいって、ランニングシャツ一枚で殺虫剤と棒を持って梯子《はしご》に登っていったんです。四十カ所近く刺されて、気を失いそうになって病院に駆けつけたんです。医者から『死ぬところでしたよ』って」佐藤が声を出して笑う。「母とぼくは家の中にいて、『痛っ』とか『くそっ』とかいうおやじのうめき声をきいてたんです」

佐藤は庭を歩き、ひとつひとつを確かめるように見る。バーベキューをしたときの石、イワナの稚魚を放流した池、枕木を重ねて作った駐車場、どれも父親の手の跡が残っている。

私たちは鎖をまたいで庭の外に出る。

「昔親しくしてた人がいるんで、ちょっと挨拶をしに行きます」そういうと佐藤が山道を登り出す。私は後に従う。その人は別荘としてではなく、住居にしてここに住んでいるのだという。

十分ほど歩いて家の前に立つ。

「こんにちは」と佐藤が声をかける。

ドアを開けて六十代の女性が出てくる。けげんな顔をしてこちらを見ている。

「以前、下の家にいた佐藤の正己です」佐藤がいう。

少しして、女性の顔がぱっと明るくなる。

「あら、正己ちゃんなの、わかんなかった。えーっ、こんなに小さかったのに」女性は腰のあたりに手を置く。

「お父様、たいへんだったわね」

「はい」

「みんなでいっしょに雪かきしたこと思い出すわ」

「父が一番親しくしていただいたから」

「そうよね。お宅の前通って、ジャズがガンガン鳴ってると、お、佐藤さん来たんだって、うちの人がうれしそうにいってたもの、亡くなって何年になる?」

「八年です」

「八年ね……」

二人はしばらく黙って、物思いに沈んでいる。

「二十歳のときに、ぼくの幼なじみが交通事故で死んだんです」佐藤が山道を下りながら話す。「そいつもひとりっ子だったんで、残されたお母さんに会いに、一年に一回くらい友だちといっしょに行くんです。そのお母さんも離婚してて、その人が離婚した夫とぼくの父を対比したんです」

「どんなふうに？」

「離婚した夫は生活力がないのに、女といっしょになって子どもつくって、いろんな人に迷惑かけて、すがりつくように生きてる。生に執着してる。そういう生き方に対して、あなたのお父さんは自分のやりたいことがうまくいかなくなったら、もう死んでもいいやって生を手放した。そういう生き方もあるのよねって。ぼくを慰さめるつもりだったのかもしれないんですけど、そのとき、ぼく、その考えにすがりつきたい気持ちになったんです」

彼女の言葉は、父親の自殺を恥ずかしいとは思いたくないという佐藤の気持ちに、ひとつの理屈を与えた。

「おやじは失意の底にいたに違いないんですけど、自殺を選んだとき、自分なりのプライドを保ちたいという気持ちがあったと思うんですよね。ぼくはそういう考え、わるくないと思って……。結局、おやじのことが好きなわけですよ、だから肯定したいんです」

私たちは雑草の生えている斜面を下っている。二人の靴音だけがガサガサと響く。

ログハウスに戻った私たちは車に乗る。佐藤の運転で山道を下る。

「もう、ここに来ることもないだろうな」彼がつぶやく。

轍《わだち》の深いガタガタの山道が続く。体が上下左右に揺れる。三十分ほどして舗装道路に出る。体が楽になり、緊張していたものがほどける。

「佐藤さんは自殺肯定論者なんだ」からかうような口調になった。〈しまった〉と思う。

「そんなことはありません」佐藤がむっとした声を出す。「多くの自殺が痛ましいし、そういう自殺はなくなった方が良いと思ってます。ただ、自殺を一律に否定すべきじゃないと思うし、自殺ときいただけで、眉をひそめる人間にはなりたくないってことなんです」

長坂《ながさか》インターチェンジから中央自動車道に乗る。佐藤がスピードを上げる。

「ぼくだって、もし、友だちの親が自殺したというのなら、こんなにいろいろ考えたりしなかったと思うんです。『うちの親は自殺なんかしないよ』っていっておしまいです。ぼくのおやじが自殺したから考えたし、ある種の自殺については肯定するという考えに辿《たど》りついたんだと思います」

甲府《こうふ》盆地をぬけると前方の大月《おおつき》、八王子方面に黒い雲がかかっている。私は黙って前を見ている。やがて、フロントグラスを雨が打ちはじめる。

「ときどき、おやじの夢を見るんです」佐藤が明るい声でいう。

「どんな夢ですか」

「家にいて、怒ったり、笑ったりしてるんですけど、その夢を見ている最中、おやじが生きてることで、ぼくの気持ちが晴々としてるかっていうと、そうでもないんです。夢を見ているぼくの気持ちの底の方で、おやじが生きてるんだったら、八年間かかって考えてきたことがおじゃんになるって感じてるんです。で、目が覚めると、あ、やっぱりおやじ死んでたんだって」

ハンドルを握っている佐藤の横顔を見る。父親の死を受け入れるために心の中で繰り返された葛藤《かっとう》の深さを思う。前を向く。右に左にワイパーが動き、高速道路と前を走る車がにじんで見える。

最後のひと仕事

　会社員が五十代にもなると、これで自分の仕事は終わったなと感じるときがある。それは、定年による退職とは違って、もっと内面的なものだ。目標としていたことが達成できたときとか、後輩の仕事の方が素晴らしいと認めざるを得なくなったときとか、自分の力ではどうにもならない壁にぶつかったときとかだ。

「あんなに一生懸命に働くことはもうないでしょうね」住田正治《すみだまさはる》（五十五歳）が声を出して笑う。相手をつつみこむような笑顔だ。グレーのズボンにブルーのシャツ、その上に紺のブレザー。休日の夕方に会ったので、気楽な服装で来るだろうと思っていたら、ネクタイをはずしただけだった。きまじめな人だ。ここは池袋《いけぶくろ》にある広島風お好み焼きの店。

「自分は広島の出身ですから」と住田が指定してきた。店員が注文を取りに来ると、「枝豆、じゃこサラダ、とんぺい焼き、アスパラチーズ、ビールでいいですか」と私にきき、「はい」と答えると、「じゃ、それと生ビール二つ」と全部彼が注文をした。そしておしぼりでテーブルを拭きながら、私に向かってニコッと笑ってこういった。

「お好み焼きは後で頼みましょうね」

二〇〇四年、四十九歳のときに、住田は二十七年間勤めていたクレジットカード会社を辞めた。

十年近く管理職として出向していた関連会社が、本社（クレジットカード会社）の都合で閉鎖になった。住田は本社に戻ることになったのだが、十年も外部にいたため、本社に自分の居場所はなくなっていた。彼は早期退職を申し出た。

再就職活動は困難をきわめた。書類を出したのが四十八社で、面接まで行けたのはわずか三社。その三社目で採用された。

精密機器の製造を専門にしているM社だ。デジタルカメラや時計、眼鏡、高級装飾品などをつくり、販売会社に納品している。中国に工場があり、中国人社員が二千名、日本人社員は中国に二十名、東京に四十名で、年間売上げは約六十億円。小ぶりだが、ジャスダックに上場している。そこの管理部長になった。

会社組織は、社長、工場長、社外の取締役（ここまでが役員）がいて、技術部長、営業部長、管理部長、そして社員という構成になっている。

「私が国内にあった工場を全部中国へ移したんです」と社長の岡雅巳《おかまさみ》（六十七歳）が面接のときにいった。「それから利益が出るようになった。中国の人件費は日本の十分の一ですからね」

岡の声は低音でよく響く。背が高く、ゴルフ焼けの顔で灰色の髪をオールバックにしている。オーダーメードのスーツをビシッと着こみ、胸にはポケットチーフが覗いている。

住田は自分を採用してくれた社長の岡に感謝していた。そしてこう思った。

〈ここで定年まで働こう〉

○七年、入社して三年目、会社は赤字を出した。景気が悪くなり個人消費が落ち込んだことが原因だった。住田は管理部長として、経費を削減して不景気に耐えられるようにしなければいけないと考えた。経理関係の書類を詳細に検討した。すると、ある会社への支払いにおかしなところが見つかった。
経理課長の水島透《みずしまとおる》（五十七歳）に書類を見せた。水島はM社に三十年以上勤めているベテランだ。

「これは」水島が眼鏡の奥の目をしょぼしょぼさせていう。「調べない方がいいと思います」

「だって、この数字どう見ても変でしょう」

「ええ」水島の声が小さくなる。「これは社長しか知らないことなんです」

年の暮れ、倉庫を片づけていると、よくわからない書類が入っている段ボール箱が出てきた。住田はそれを持ってきて、机の上に置き、調べ始めた。

「あ、それやめた方がいいです」そういうと経理課長の水島は社長に電話をした。

社長の岡があわててやってくると、「何やってんだ」といきなりどなった。

「倉庫にあったんで……」住田が理由をいおうとすると、

「これは君には関係ない」といって箱を持ち去った。

そんなことが何度かあったので、住田は、酒の席で水島にそれとなくきいてみた。

社長の岡は大手銀行の営業部長だった。十数年前、大学の先輩だった前社長に頼まれて株を買い取り、M社を引き継いだ。株購入の資金は元いた銀行から借りた。およそ三億円。利息だけでも膨大だ。その返済のためにあることをしているのだという。

岡は小さな会社を持っていて、M社が機械を購入するときには、その会社を通過させていた。たとえば、中国の工場へ機械設備を入れるとき、まず自分の会社で一千万円で買い、それをM社に二千万円で売る。一千万円の差額を自分のふところへ入れていた。

「会計士が許さないでしょう」住田がいうと、

「ところが、その会計士が指南したんですよ」と経理課長の水島は答えた。

社長の岡は銀行員のときからその会計士を使っていたらしい。有名な監査法人から派遣されて来ている。

このことについて、社員が「おかしいんじゃないですか」といおうものなら、岡は大声でこういうのだという。

「前の社長に泣きつかれたから、仕方なく株を買ってやったんだ。私がこの会社を助けてやったようなものだ。キミがここで働いていられるのは、私がこの会社を引き継いだからじゃないか」

「ひどい」住田は怒った。「ざるじゃないか。いくらみんなが汗水たらして働いても、その利益を社長が奪ってるってことだろう？」

「そういうことです」そういうと水島はグイと酒を飲む。

社員に覇気がない根本の原因は社長にあった。

〈なんとかしなければ〉と住田は思った。〈定年までここで働くと決めたんだ。自分にできることは何だろう？〉

○八年、住田が入社して四年目、社長の岡は、大手医療機器製造会社の技術部長をひきぬき、社長にすえ、自分は会長になった。

新社長、北島澄人《きたじますみと》（五十六歳）は、ものづくり一筋で生きてきた人だ。おおらかで裏表のない人柄を住田は好きになった。

新社長の北島は、中国の工場を見て帰ってくるとすぐに、製造ラインの改善案を提出した。それは誰もがなるほどと納得のいく提案だったし、費用もかからないので、すぐに実行に移された。

さらに、セラミックやチタンの加工技術があるのだから「人工骨」を生産したらどうかといい、彼の出身会社へ売り込む方途まで示した。将来性のある医療機器の分野に進出しようというのだ。またしてもその提案に誰もが感心した。ただ、問題は設備投資のための資金がないことだった。

住田は取引銀行の支店長に相談した。会社はすでに銀行から十億円の融資を受けていた。二年連続の赤字決算の会社にこれ以上貸すことはできないという。支店長のいうことはもっともだった。

会社は他の金融機関からも金を借りていて、総額二十億円近くの借金をかかえ、毎月の資金繰りにあえいでいた。このまま行けば、半年で倒産してもおかしくないところまで追いつめられていた。そんな状況下でも、会長の岡は四千万円の年収を取り続けていた。

住田は、起死回生策として、医療機器分野への進出に賭《か》けたいと思った。何か良い手はないかと銀行の支店長に迫った。彼は住田の目を見るとこういった。

「投資ファンドはどうでしょう」

投資ファンド導入案を持ち帰って、会長と社長に相談した。

会長の岡は「うーん」と嫌そうな顔をしたが、社長の北島は「投資ファンドといってもハゲタカばかりじゃないでしょう。やってみる価値はあるんじゃないですか」といった。

倒産の二文字が見える会社に選択肢はなかった。

まず、銀行から紹介してもらった投資ファンド三社に声をかけ、入札を行った。投資予定金額と会社の信頼性をチェックした結果、K社に決めた。

会社の経営実態を把握しなければならないということで、K社の社員（会計士や元銀行員など）が入ってきて、財務、人事、不動産などあらゆる側面を調べた。

K社はすぐに会長、岡の不正に気づき、岡を問いただした。彼はいろいろと言い訳をしたらしいが、信用されなかった。合計一億円近い金が岡の会社へ流れていた。

　住田は新橋《しんばし》にある顧問弁護士の事務所に行った。

「背任行為です」と弁護士はいった。「それもトップの行為ですから、特別背任といってきわめて重い罪です。これを隠すことは弁護士の私にはできません。ただ、最終的には会社の判断です」

　住田が新橋駅のプラットホームに立っていると、携帯電話が鳴った。岡からだ。

「どうだった」岡がいう。

「帰ってからお話しします」住田はなるべく感情を込めないように答えた。電話を切ってから、社長の北島に電話で報告し、相談した。

　帰社後、住田は北島と二人で会長室に入った。

　いつもオールバックにしている岡の髪が乱れ、何本か額にたれていた。

　社長の北島が岡に説明した。

　会長の行ったことは背任行為にあたる。が、いま公にして逮捕されたら、取引先は手を引き、会社は倒産するだろう。それでは元も子もない。その件にはふれずに、投資ファンドを導入し、会社の新規行動計画を作ることにしたいと。

「医療機器への参入は」と住田がいった。「将来性があるし、そのことを発表するだけで株価もあがるだろうとK社はいってます」

「この危機さえ乗り越えれば大丈夫ですよ」北島がいった。

「わかった」岡が右手で髪をかきあげながらいった。「これが終わったら、住田君にも役員になってもらわなくちゃな」

住田は頭を下げながら、〈役員なんかなりたくない〉と思った。〈会社の倒産を防ぐのは、あなたを延命させるためではない。自分や社員が仕事を失うのを防ぐためにやっているのだ〉

住田はK社の担当者に社の方針を伝えて、了解を得た。

会社を再建するための「新規行動計画」作成プロジェクト・チームが結成された。責任者は社長の北島、その下に、技術部長今岡《いまおか》、管理部長住田、経理課長水島、それと投資ファンドK社のスタッフ三人を加えた七人だ。

計画策定までの進行表を作り、それに基づいて作業を始めた。

医療機器分野をめぐる将来性についての市場調査をまとめた。

会社の技術力について、同業他社と比較検討し客観的な評価を下した。

既存の業務に医療機器製造を加えた場合の収益について、現実的な数字を出した。

財務諸表の分析を行った。

住田は、いままでの会計士のずさんさに腹が立った。が、すでにその会計士は他社での不正を告発され、監査法人をクビになっていた。

プロジェクト・チームは、調査結果に基づき、会社の将来像を描きはじめた。すべてを数値化し、表やグラフで示す。住田がグラフを作成しK社スタッフに見せると注文がついた。何度も何度も作り直しをさせられた。

K社はこの「新規行動計画」を証券会社や投資家に見せて資金を集めるのだ。会社が有望だとひと目でわかるものにしなければならない。

〇八年十二月に始まった計画作りは〇九年二月に終わった。

住田は正月の三箇日だけ休み、あとはすべて会社に出た。会社に泊まり込んで作業をする日も多かった。

できあがった「新規行動計画」はこんな内容になった。

十億円分の増資をしてその株をK社が持つ。会長の株を担保にして銀行から一億円の融資をうける（計画書には明記していないが、これで岡の使い込み分の穴埋めをする）。それらの資金によって設備投資を行い医療機器製造をひとつの柱とする。二年間で、年間売上げを六十億円から八十億円に伸ばし、一億円の利益を出す。五年後には年間売上げ百億円の会社にする。

社長の北島と住田の二人で、三人の役員に計画を説明した。全員納得し、計画書に署名捺印《なついん》した。

その日の夜、プロジェクト・チームの七人は祝杯を上げた。計画を完成させたという達成感が酒を美味しくしていた。住田が「作成した資料を何度も突き返されたときには泣きたくなりましたよ」というと、みんなが笑った。

「やっとまともな会社になりますね」経理課長の水島が住田に手を差しだした。住田は彼の手を握った。


二週間後、取締役会が開かれた。「新規行動計画」を正式に承認するためだ。会議室には会長の岡、社長の北島、工場長の山崎《やまざき》、社外取締役の安野《あんの》、そして書記として住田が、それぞれ少し緊張した面持ちで座っていた。

「では、議長の方からお願いします」住田がいった。

「実は」会長の岡が天井を見ながら、よく響く低い声でいう。「このやり方には反対なんだ」

住田は議事録のノートから顔を上げて岡を見た。

「投資ファンドなんかにこの会社を任せていいのだろうか」岡が住田をにらむ。

「この前、説明してみなさんに納得していただいたと思いますけど」社長の北島がいう。

「あのときは、キミと住田君の勢いに押し切られちゃったんだよ」岡がフフと小さく笑う。

「ご存知のように」北島が冷静にいう。「K社からの投資資金が入らなければ、半年もしないうちに資金ショートを起こして倒産します」

「私自身もこの会社を守るために、いろいろあたってた先があってね」岡がいう。「そこが金を出してくれるっていうんだ」

「いくらですか」工場長の山崎がきく。

「三億円、私の株を売る」

「三億円くらいじゃ、設備投資できませんよ」社長の北島がいう。

「くらいとはなんだ」岡が急に声を荒げる。「キミに三億円用意できるのか。くらいとはなんだくらいとは、訂正しろ」

　座がシーンとなる。

「だいたい」工場長の山崎がお茶をすすりながらいう。「これから医療機器分野に参入できると本気で考えてるんですか」

「もちろんです」北島が立ち上がる。「計画書にも説明してあったと思いますが……」

「K社の都合に合わせて作っただけだろ」岡がフンと笑う。

発言権のない住田はボールペンをギュッと握りしめた。

「この計画をつぶしたら、会社の将来はないですよ」北島の声が大きくなる。「たとえ倒産しなくても、発展はないでしょう。赤字体質のままで、株価は上がらないし、給料も上がらない、会社の将来や従業員のことを考えて下さい」

「入ったばかりのキミにいわれたくないな。私が中国へ工場を出すにあたってどれだけ苦労したか」

「確かに、あのときは大変でした」工場長の山崎は何度もうんうんとうなずいている。

「いつまでも議論していてもしょうがない」岡がいう。「挙手で決めましょう」

「私は棄権させていただきます」それまで黙っていた社外取締役の安野が口を開く。

「わかりました」岡がいう。「それでは……」

「ちょっと待って下さい」がまんできなくて住田は立ち上がった。「皆さん署名捺印したじゃないですか。この計画で銀行もオーケー、K社もオーケーしてるんです。十億円投資してくれるっていうんですよ。ジャスダックにも明日開示する予定になってるんです」

「黙れっ」岡が大声を出す。「お前ごときに好きにさせるわけにはいかないんだ」

「結局、二対一で負けです」住田は話しながら、目の前の大きなお好み焼きを切り分けている。「悔しくってね。なんでこんなことになるんだろうと思いました。どうぞ」

住田が、私の取り皿にお好み焼きを置く。

「ありがとうございます」私がいう。「社長の北島さんだけが賛成で、会長の岡さんと工場長の山崎さんが反対だったんですね」

「そうです。会長は事前に、山崎さんに次の社長にしてやるといってたみたいです」住田はウーロンハイのグラスを見つめている。

取締役会の翌日、住田と北島はクビをいいわたされ、工場長の山崎が社長となった。

結局、岡はいかがわしい投資家に自分の株を売り、それで自分の銀行借金を払い、会社には一銭も入れずに退社した。

「どうして会長は計画をひっくり返したんでしょう」私がきく。

「逃げたかったんでしょうね」住田は自分の皿にお好み焼きを取る。「不正を見破られて、責任を追及されるかもしれないし、この会社にはもう、うま味がないって思ったんじゃないでしょうか。簡単に一千万、二千万って手に入れてましたから。会社を大きくして利益を上げて、そこから自分の収入も得るという、まっとうな経営者の感覚を失ってたんです」

クビになった住田は再び求職活動をした。数カ月間苦戦した結果、現在は化粧品会社に勤めている。

「年金がもらえるまであと十年は働かないと」住田が小さく笑う。「与えられた仕事はきちんとやってます。けど、会社員としての自分の仕事は去年の出来事で終わったなって感じがしてます」


その後、岡の株を買った投資家は韓国の企業にその株を売った。現在、役員のほとんどが韓国人になっている。会社は借金に借金を重ね、社員の給料は上がらず、株価は下がる一方だ。経理課長だった水島は管理部長になった。

その水島の話によると、社長だった北島は会社勤めがイヤになり現役を引退して孫と遊んでいる。会長だった岡は南カリフォルニアに別荘を買い一年の半分をそこで暮らしているという。

岡はいま、太平洋を眺めながらワインでも飲んでいるのだろう。そして住田はというと、池袋で私といっしょに、お好み焼きを頬ばりながらウーロンハイを飲んでいるというわけだ。

父と娘

父と娘はそれぞれ帽子を手にとってかぶっては、鏡の中を覗きこんでいる。ジーンズの上に黒のセーターを着ている娘の歩《あゆ》（四十歳）は、小さなつばのついたベージュのニット帽をかぶっている。鏡にむかって何度も角度を変えて眺めている。気に入ったようだ。父、進《すすむ》（七十一歳）は黒の作務衣《さむえ》を着ている。かぶっていた黒のニット帽を脱ぐと、まっ白な髪が逆立つ。手で髪を押さえる。髪は耳にかぶさっていて、上の方が薄くなっている。

「いいのあった？」歩が父にきく。

父は首を横にふる。手にレジ袋を提げている。さっき買った焼酎《しょうちゅう》と杏露酒《シンルチユウ》と使い捨てカメラが入っている。

〈旅行に出ると何か買いたくなるのは何故かしら〉そう思いながら、歩はベージュのニット帽を手にレジカウンターに向かう。ここは東名《とうめい》高速道路の足柄《あしがら》サービスエリア。二〇一一年十二月二十九日の午後二時。

母が亡くなってから十二年間、父と娘は二人で暮らしてきた。

今年、歩に恋人ができた。彼といっしょに住むために十月に家を出た。正式に結婚するつもりだ。

彼の仕事は飲食関係で年末は忙しい。それなら、暮れから正月にかけて父といっしょに過ごそうと思い、旅行に誘った。彼女の中には、父をひとりにしたことへの埋め合わせのような気持ちも少しあった。


行き先は伊豆《いず》。天気は快晴。高速道路は空《す》いていた。といっても父の運転はゆっくりで、右側を車がビュンビュンと追い抜いていった。歩はケースの中に入っているCDを一枚出してかけた。モダンジャズのピアノ演奏がきこえてくる。〈おや?〉と思ってケースの中を見ると、ブルーノートの名盤がそろっている。

〈前は演歌ばっかりだったのに、どうしたのだろう〉そう思って父の方を見ると、

「昔きいてた音楽が懐かしくなってね」といって笑った。


進が五十七歳のとき、同じ歳の妻がガンを宣告された。入退院を繰り返しているため、

彼はそれまで勤めていた保険会社を早期退職し、家事全般を引き受けることにした。

妻が亡くなって以後、娘と二人で暮らすようになっても、進はそのまま家事をし続けた。

毎日、朝食を作り、娘に食べさせる。朝寝坊の娘は食べる時間を惜しんで寝ていることが多かったが、ともかく果物でも口に入れさせ、車で駅まで送っていった。

娘を送ってから家に戻ると、机に向かって、詩や俳句を作った。昼になると昨夜の残り物や刺身を小皿に盛って、焼酎のお湯わりを飲む。少し昼寝をして、午後三時頃に起き、天気が良ければ散歩をし、雨ならば本を読み、五時頃から夕食のしたくをする。たいがいは煮魚か焼き魚か刺身と筑前煮《ちくぜんに》のようなものと漬物だ。午後七時になるとテレビを観ながら焼酎を飲み始める。娘は、早ければ午後九時頃、遅いと十一時頃に帰ってくる。彼女は進の作っておいたおかずでご飯を食べる。食器は進が洗う。娘は風呂に入って寝る。

あるとき、進は飲んでいい気持ちになって、皿を台所の流しに置いたまま寝たことがある。翌朝、それを見た娘が怒った。

「洗わないとゴキブリが来るんだから、洗わないで寝ちゃダメよ」

〈自分では作りもしないし、洗いもしないのに〉と進は思ったが、「わかった、わかった」と答えた。

進は企業年金と厚生年金でつましく暮らしている。一方、独立行政法人に勤めている娘はそれなりの給料をとっている。風呂場とトイレの改築は娘が費用を負担したし、車も娘が買ってくれた。暮れの旅行も彼女が行こうというから同行することにした。

経済力のある娘を進は誇らしく思っている。

午後五時、伊豆河津《かわづ》温泉にある旅館福田家《ふくだ》に着いた。ここに二泊する。川端康成《かわばたやすなり》が泊まり、『伊豆の踊子』の中で主人公が泊まっていた旅館だ。

「夕飯六時だけど、お風呂に入ろうか」歩が父にきく。

「ぼくは風呂はいいや」父がいう。

〈運転で疲れたのかしら〉と思ったが、口には出さず、歩は浴衣《ゆかた》と手拭《てぬぐ》いを持って風呂場へ向かった。川端も入ったという榧《かや》の木でできた風呂だ。周囲の壁に古い模様の四角いタイルが貼ってある。湯船に浸かり、歩は仕事を思い出して、「ふーっ」と大きなため息をついた。彼女は理系の出身者として検査や試験を専門にする部署にいたのだが、ここ数年の組織変更でもっぱらパソコンに向かう仕事になり、〈自分には合ってないな〉と思う日々なのだ。

部屋に戻ると、テーブルに料理が並んでいた。刺身、天ぷら、尾頭付きの金目鯛《きんめだい》、しし鍋、茶碗蒸し、酢の物など。

「最初から買ってきた焼酎飲むわけにはいかないと思って、ここのを一本頼んだよ、きみはビールでいいか」と父がいう。

「うん」歩が答える。

二人は焼酎のお湯わりとビールで乾杯した。

しし鍋をひとくちふたくち食べて、あまり好きじゃないと父がいうので、金目鯛を父にあげ、しし鍋は歩ひとりで食べた。

夕食後、テーブルの上に食べ残した金目鯛の皿だけを残して他をかたづけてもらった。蒲団を敷いた部屋の隅の方に父は座っている。浴衣の胸がはだけ、テレビを観てクスッと笑い、鯛をつまみ、焼酎を飲んでいる。歩は持ってきた年賀状を書きながら、父のそんな様子を見て、〈来て良かった〉と思った。

歩は料理ができない。

母が教えてくれなかったからだ。中学生のときに、教えてほしいと頼んだことがある。「料理なんか必要になったら、いつでもできるわよ」といって取りあってくれなかった。たぶん、児童詩を書いていた母だから、料理よりももっと大切なことがあると考えていたのだろう。ところが、ガンを宣告されてから母が、「料理、教えようか」といった。死ぬ前に教えておこうと思っているのが伝わってきた。死ぬなんて考えたくもなかった歩は、「いまさらいいよ」と断った。

父と二人だけの生活になり、彼女はとまどった。それまで、父と自分との間に母がいて、すべて母と話していれば事は済んでいたからだ。二人になってわかったのは、父は物をいたるところに置く人だということだ。とくに本と釣り道具、自分の部屋だけでなく居間にも廊下にも玄関にも積み上げていった。母がいるときは気にならなかった。それは母が片づけたり捨てたりしていたからだと思う。歩は、「居間に本を置かないで」とか「釣り道具は一カ所にまとめてよ」とかケンカごしでいった。父は「わかった、わかった」と答えた。が、変わらなかった。

父の誕生日に歩は父の好きな物をと考えて、高い酒を贈った。喜んでくれた。しかし、よく話をきくと、「高い酒で少ないよりも、安い酒で多い方がいい」といった。彼女はがっかりした。以後、酒の贈り物はしていない。

病院に通いながらも、毎日酒を飲んでるのが気になって仕方がない。それも昼間から飲んでいるらしい。アルコール依存症ではないが、体を壊すといけないので、「一週間に一日だけ、飲まない日を作ってよ」と頼んだ。そのときは「わかった」というのだが、いつがその一日なのかがはっきりしない。それで強硬手段に訴えて、酒を隠したり、捨てたりもした。父はいつも「はいはい、わかったわかった」と答えて、彼女の怒りが鎮まるのを待っているだけだった。

三十日、変わった温泉に行ってみようということになった。旅館の仲居さんにきくと、河内《こうち》温泉に総檜《ひのき》作りの千人風呂があると教えてくれた。地理に弱い歩は、父に千人風呂までの道順をきいてもらった。

車に乗って出発した。山道を走った。

「この辺じゃないか」と父がいう。

大きな古い旅館があったので、歩が入っていって、こちらの温泉は千人風呂ですかときいてみた。「いいえ」という。千人風呂はどこか知らないかときくと、アルバイト風の女性は「さあ？」と首を傾げた。

千人風呂とはきいたが、その旅館名をきかなかったのが失敗だった。

車を走らせ、道行く人にたずね歩いて、どうにか、金谷《かなや》旅館に辿りついた。

千人風呂というだけあって、プールのような大きな風呂だった。女性の側だけから男性用の風呂に入ることができ、数人の女性が戸をくぐって男性用の風呂に入っていった。歩も戸を開けて覗いてみた。遠くの方で体を洗っている父が見えた。近づいて背中を流してあげようかと思ったが、途中に数人の男性がいるのであきらめた。

歩は三十代になって、どうしても結婚したいと思うようになった。それで結婚相談所に入会した。何人か紹介してもらったが、良いと思える人はいなかった。思い悩んでいると、

「普通、職場で知り合って、結婚する人が多いんじゃないの」と父がいった。

「職場の人とはつき合いたくないのよ。別れることになったら、いろいろ面倒くさいでしょう。仕事失いたくないし」

「でも」と父はいった。「結婚相談所に来るのはみんな結婚できないような人ばかりだからなー」

父が他人事のようにいうので、彼女は少し腹が立った。

「よその親はもっと真剣に娘の結婚を心配してるのよ。なんで、そんなにケチばかりつけるの」歩はいいながら涙ぐんでしまった。〈母がいれば〉という気持ちが湧き上がってきたからだ。

そんなことがあって、父は元の職場の人に声をかけてくれたらしい。しばらくしてから、見合い写真をいくつか歩に渡した。彼女はその中から二人を選び、会った。二人とも世間的には好人物だった。しかし、自分とは合わないと感じた。

そうこうしているうちに四十代になっていた。歩はインターネットでの「婚活サイト」に登録していた。いくつかのメールに返信し、やりとりしているうちに、妙に気の合う人が現れた。それがいまの彼だ。メールのやりとりをし、デートを重ね、お互いに気に入った。結婚しようと話し合い、住む場所を探しはじめた。すると、すぐに良い部屋が見つかり、急遽《きゆうきよ》契約ということになった。父にきちんと紹介してからと思っていたのに、引越しが先になってしまった。

父にそう告げると、驚くふうでもなく、「そうか」と答えた。それから「じゃあ、きみの部屋もぼくの自由に使っていいんだな」といった。

〈自分の本を置くつもりだな〉と歩は思った。

「ちょっと、待って、また戻ってきてキチンと片づけるから」といって、父の本の侵略を押しとどめた。

歩が出ていく前に、父が一冊のノートをくれた。表紙に「料理ノート」と書いてあった。父が家事をするなかで、新聞やテレビで見た料理について、材料や作り方をメモしたものだった。

三十一日の朝、帰る用意ができたところで、床の間を背景に二人で並び、仲居さんに写真を撮ってもらった。

帰りは歩が運転することになった。

「スピード出すなよ」そういって父は助手席に座っている。

途中昼食をとり、一回休憩しただけで、順調に帰ってきた。

「どこかでお蕎麦買おうか？」歩がいう。

「年越し蕎麦なら買ってあるよ」父が答える。

実家の駐車場に車を入れる。家の中はひんやりとしていた。久しぶりの実家はいろいろなところにホコリが溜まっている。

「腰を痛めて以来、あんまり掃除してないんだ」父がいう。

「無理しない方がいいよ」そういいながら居間に入る。すると、そこに万年床が敷いたままになっていた。父の部屋は二階なのに、ひとりになってからここで寝るようになったらしい。

彼女は蒲団をたたむ。テーブルの前の座ぶとんに座ると、正面に四十インチのテレビがあり、横の台の上にはリモコン、ワープロ、辞書、読みかけの本、老眼鏡、壁には自慢の釣り竿《ざお》が四本飾ってある。完全に父の部屋となっていた。

テレビのスイッチを入れる。

ＡＫＢ48が歌っている。紅白歌合戦だ。歩はボーッとテレビを観ていた。

「おーい、できたよ」と父の声がする。

台所に入ると、天ぷら蕎麦が湯気を立てている。それをお盆に載せ、居間に運ぶ。父は焼酎の瓶とお湯を入れたポットを持ってくる。グラスに自分で作った梅干しを入れ、焼酎を入れ、お湯を注ぐ。

「いただきます」そういって歩は蕎麦を食べる。美味しい。ずっと食べ慣れてきた父の味だ。

食後、彼女は残りの年賀状を書く。父は焼酎を飲みながらテレビを観ている。

紅白歌合戦が終わり、除夜の鐘が鳴り、新年になる。歩は彼に電話をする。彼は歩からの電話を待っていたらしい。新年の挨拶をして、明日帰ると伝えた。次に母方の伯母にも電話をして挨拶した。父が大きなあくびをする。

「寝る？」歩がきく。

「うん。ぼくはここで寝るから、きみが上に行かないと寝られないんだ」

思わず、「自分の部屋で寝なさいよ」といいそうになった。が、ぐっとこらえた。新年から文句をいうのは良くないと思ったからだ。

「おやすみなさい」歩はいった。

「ああ、おやすみ」父が答える。

階段を上がりかけると、父が蒲団を敷いているのが見えた。歩はこう思った。

〈来年、私は彼の実家に行くからここにいないと思う。父はひとりで紅白歌合戦を観て、ひとりで焼酎を飲み、ひとりで新年を迎えることになるだろう〉

「Once Upon a Time」という名のバー

「こいつの下宿に行ったらきれいでね、いっつもピシッと整理されてるんですよ」上着を脱ぎチョッキ姿になっている五十代の会社員がいう。

「きれい好きなんですね」ジーンズの上に黒のセーターを着た中村弘美《なかむらひろみ》（五十一歳）がカウンターの中でチーズを切りながらいう。

「お前の奥さんたいへんだよな」チョッキの彼が横を向いて隣のワイシャツ姿の会社員にいう。二人はずっと昔、大学の同級生だったらしい。

「女房は私と正反対」ワイシャツ姿がいう。「黙ってたらシーツは二カ月経っても替えないんです」

「えーっ」弘美がいう。

「だから二週間ぐらいしたら、自分で洗うんです」

「奥さんに『洗えっ！』なんていえないからな」

「いえないよ」

弘美がクスクス笑っている。

カウンターに六人の客が座っている。端の方にいる三十代のスーツ姿の男性の前にハイボールのグラスを置く。

「一年に一回ぐらいしか来れなくて」三十代が頭をかく。

「思い出したときに寄っていただけるだけでうれしいんですよ」

「一年ぶりですか?」会社重役ふうの男性が三十代にきく。

「ええ」三十代が答える。「なんとなく、自分の転機のときにここに来るんです」

氷を砕いていた弘美は顔を上げて、三十代を見てニコッと微笑んでうなずく。

私はテーブル席の隅に座って店の様子を眺めている。ここは湯島《ゆしま》にある「ワンス・アポン・ア・タイム」という名前のバー。レンガ造りの倉庫を改装した店内は、暗がりの中で、ひとつの灯りの下に人々が集っているような感じを与える。開店から今年で三十三年になる。

弘美は最初、この店に客としてやってきた。二十歳のときだ。カウンターの中には十一歳年上の眞人《まさと》がいた。無口であごひげをはやしていて外国人のような顔をしていた。

「彼のことが好きで来てるお客が多かったんです」彼女が思い出しながら話す。「世間の基準からいうと生きるのが困難かなっていう人が何人かいて、いい人なんですけど、私なんか面倒くさくてつき合えないような人、彼は、そういう人たちとも仲良くしてました」

三回目に行ったときに眞人から遊びに誘われた。彼はオートバイのモトクロスを趣味にしていて、河川敷で仲間と練習をしていた。そこに連れて行ってもらった。弘美は男性といると身構えて見栄をはり、息苦しくなることが多かったのだが、なぜか眞人といると、気取りが消え、そのままの自分でいられた。

半年後、二人は結婚する。はとバスのガイドをしていた弘美は仕事を辞めて家庭に入った。

「自分の周りにはあまりいない感じの人でした」と彼女は眞人のことをいう。「ガツガツしたところのない、上等な人間だなと思ったんです」

男、女、男と三人の子どもを産んだ。結婚して十数年目、三十代の後半になる頃、バブル経済が崩壊し日本は不況になった。店に来る客が減り、夫から渡される生活費もとどこおりがちになった。少しでも稼がなければと思い、末の子が小学校三年生になり、手がからなくなると同時に、イトーヨーカドーでパート仕事に就いた。

夫はどこか沈みがちになった。

「自転車が好きだったので、前は、家族みんなでツール・ド・フランスを見に行こうとかいってたんです。それが、だんだんそんな話もしなくなって、少しウツっぽくなってるなって思いました」

これ以上放っておくわけにはいかないと思い、「お店手伝おうか？」と夫にいった。彼は「そうだね」とうなずいた。十数年ぶりに店に行った。驚いた。店内がゴミ屋敷のようになっていたからだ。壊れたパソコン、楽器、自転車の部品、雑誌、本……、がらくたが山のようになっていた。カウンターには三人しか座れない。

〈これじゃ、客は来ないはずだ〉

「長く通ってくれているお客さんはいたんです」弘美がいう。「でも、自分が気楽に接することのできるお客さんの方だけ向いていたんじゃ、一家を養っていくほどは稼げないんですよね、かといってガツガツできる人じゃないし」

彼女の心の中で夫への評価が下がっていった。

イトーヨーカドーを辞めた弘美は、朝から店に行き、片づけることから始めた。まともな店内になるまでに二カ月近くかかった。片づけているだけでは収入にならないので、ランチを始めた。カレーとたこ焼きを出した。

「たこ焼きですか？」私はきいた。バーとたこ焼きの組合せが似合わないような気がしたからだ。

「イトーヨーカドーで私、たこ焼き焼いてたんです」弘美が笑う。「自分にできることは何だろうって考えたら、それくらいしか思いつかなくて」

　半年もすると、ランチを食べに来た客が夜も来るようになったり、銀座では高くて飲めなくなった会社員たちが移動してきたりして、徐々に売上げは増えていった。

　あるとき、夫が「メニューを見直して少し変えてみようか」といった。弘美は涙が出るほどうれしかった。彼にやる気が戻ってきたからだ。

〈これで二人で頑張って生きていける〉そう思った。

　深夜、警察から電話があった。眞人が交通事故に遭って病院に運ばれているという。弘美は病院に駆けつけた。夫の意識はハッキリしていた。「バイクで帰る途中、青信号で直進していたら右折してきた車に撥《は》ねとばされた」といって笑った。その様子から、しばらく入院する程度だろうと思った。が、ハッキリしていたのは意識だけだった。頸椎《けいつい》を損傷していて、首から下はまったく機能しなくなっていた。このさき一生、体が動かないらしいと知った。

「これから、どうやって生きていったらいいのって思いました」弘美が眉をよせる。

眞人自身は、自分の体がもう動かないと知ったとき、どうだったのだろう。

「普通は、泣いたり騒いだりしてあれるらしいんですけど、夫は普段と変わらなかった。精神科の先生がついてたんです。だけど、彼は『大丈夫です』って。先生が驚いてました」

それから少し考えて、彼女はこうつけくわえた。

「店がどん底だったとき、普通の人だったらガッガッ努力するのになぜしないんだろうって負の感情で見てたんですけど、でも、だからこそ、こんなときでもバタバタしないんだこの人はって。人間の能力って一面だけではわからないなと思いました」

ゆったりとした性格だから、店が困難に陥ってもがむしゃらにはならなかった。また、同じ性格だから、体が動かないと知ったときにも騒いで動揺するようなことがなかった。こんなふうに人を見ることができる弘美に私は感心した。

午後九時、カウンターは常連客で占められている。

「蛍光灯がチカチカしてるっていうからさ」おかっぱ頭の四十代の女性がいう。「グロー・ランプを替えたらいいんじゃないのっていったの。そうしたら、『グロー・ランプって何?』って、この人電気ぜんぜんダメ」

「最近の機械は難しいよ」隣の夫がいう。

「グロー・ランプは最近じゃないですよ」長い髪の若い女性がからかうようにいう。

「ねえ」妻がいう。

「昔はさ」夫がいう。「テレビなんか映んなきゃ叩けば直ったんだ。パソコンがおかしいっていうから叩こうと思った。だけど、さすがにパソコン叩いちゃいけないよね」

女性たちが笑う。

「マユミさん、氷入れよう」弘美がいう。おかっぱ頭の女性が弘美にグラスを渡す。

眞人が店主の頃は男性客が多く、お互いの趣味をボソボソと語り合っているような店だった。弘美が店に出るようになって、女性客が増え、にぎやかになり、庶民的な雰囲気になった。

三人の若い男性が入ってくる。

「いらっしゃいませ」弘美がいう。

三人は相談して、テーブル席につく。弘美はカウンターを出て、三人におしぼりを渡す。

「この前飲んだの美味しかったんですけど、今日は違うのにしてみます」若者Aがいう。

「バーボンにしますか？」

「ええ」

「ちょっと待って下さいね」そういうと弘美は棚からボトル二本と小さなグラスを二つ持ってくる。

「これはエライジャ・クレイグの十二年もの、こっちは十八年もの、十八年ものの方がマイルドなんですよ。ちょっとだけ注ぎますから飲み較べてみて下さい」

「オレは十八年の方が好きかも」若者Bがグラスを隣に渡す。

「この六年の間に何があったんだっ！」若者Cが叫ぶ。

みんなが笑う。

弘美は若い人にやさしい。そんな彼女を慕ってやってくる二十代、三十代が増えている。

眞人が入った病院は三カ月で出ていかなければならなかった。障害を認定してもらったり、リハビリテーションをするための病院を探さなければならない。病院探しと転院はひと仕事だった。

さらに悪いことに、弘美自身がC型肝炎に罹《かか》っていることがわかった。週一回インターフェロン治療のための注射を打たなければならない。治療には副作用があり、微熱が出て、頭痛がし、体がだるくなった。

体の調子が悪くても、夫のいる病院には行かなければならないし、店も開けなければならない。

「なんとしても自分が治らないと、誰も夫の面倒をみる人はいないんだからって、それだけを思ってました」

事故から一年後、眞人が家に戻ってきた。訪問看護師やヘルパーが一日に二、三回やってきて夫の世話をやいてくれる。

「水一杯自分では飲めないんです」弘美が額に手をあてる。

夫の鼻の調子が悪くなり、手術をした。ガン細胞が見つかり、入退院を繰り返すことになる。

彼は妻に迷惑をかけて申し訳ないと思っていたのではないだろうか。

「『ボクで良かった、お前じゃなくて』っていいました」弘美がいう。「『逆だったら、子どものことやいろんなこと、ボクじゃできなかったと思う』って、あらたまって何かいう人じゃなかったから、彼なりの感謝の言葉だったんだと思います」

事故からおよそ三年後の二〇〇七年二月、眞人は五十七歳で亡くなった。四十六歳だった弘美は、その後も店を経営し、三人の子どもたちを私立大学に通わせた。

昼間は夫の介護をして、夜は深夜まで店で働き、その上、子どもたちも育てた。そんなたいへんな日々、彼女は自分をどうやって支えていたのだろう。

弘美はしばらく考えてからこういった。

「あの頃、長男は東京農大の網走《あばしり》校に行ってたんです。彼が、網走には若い子たちが行ける店がない。だから、店をやりたいっていいだしたんです」弘美が思いだして笑う。「夫はひどい状態だし、家は他人が出入りしてガタガタしてるし、なのにそんなことといってきて……、でもね、私は〈なんでそんなこと〉とは思わなかった。〈へえ、それ面白いかも〉って思ったんです。夫にいったら『いいんじゃないか』って。うちの店の内装とかみてくれてる人といっしょに北海道まで行って、物件を見たり、デザイナーを探したり、夫がどんどん悪くなってるのに、並行して店作りをしてたんです」

私はそのときの彼女の気持ちを想像している。

「たぶん」と彼女はいう。「そんなことでもしてないと、その日その日を暮らしていけないくらいしんどかったんだと思います」

苦しさに耐えるために希望が必要だった。

午前一時、客はみんな帰った。しんとしている。三十分前まで充満していた様々な喋《しゃべ》り声を、壁のレンガがすべて吸いとったかのようだ。

「店をやってて良かったと思って」弘美がグラスを拭いて棚に仕舞いながらいう。「お客さんにとって私は、友だちとも仕事仲間とも家族とも違うでしょう、だから、どうかしたときに本音を話してくれるんです。みんなそれぞれ大変なんですよね。この仕事やってると、自分だけがたいへんだとは思わないようになります」

そういえば、この日も、一年ぶりに来たという三十代の男性が会社が傾いて転職するのだと話していた。ワイシャツ姿の会社員は先月父親を亡くしたのだといっていた。そんなとき、彼女はグラスを洗っていても、料理を作っていても、手を休め、顔を上げて話をきき、うなずく。たぶん、それだけで客は慰められるのだろう。

「いままでは、押しよせてくることにつぶされないようにだけしてたんですけど」弘美は氷を入れる桶《おけ》をカウンターに置き、私を見て微笑む。「もう、子どもたちも大学を卒業するし、今度は、自分の方から何かを始めてみようと思ってるんです」

彼女はカウンターを出ると、トイレのタオルをはずし、暖房を切り、電気を消す。ドアの外に出て鍵をかける。店の横に置いてある自転車のかごに荷物を入れる。

「お疲れ様でした」私がいう。

「こんな時間まで、疲れたでしょう？　ご苦労さま」そういうと小さくお辞儀をして自転車に乗る。人ひとりいない深夜の通りにこぎ出す。ペダルを踏む足が軽そうだ。弘美にとって苦労はもう昔のことになっている。私は自転車が角を曲がるのを見届けてから、夜空を見上げた。入口の上にあるネオン管の文字が目に入ってきた。

Once Upon a Time

あとがき

十代の頃からずっと表現することを仕事にしたいと思っていた。だからといって何か得意なことがあったわけではない。また、表現せずにはいられないような特別な体験があったわけでもない。ただ、表現したいという思いだけが強かった。

自主映画を作ったり、同人誌に参加したりしながら、自分の表現というものがつかめないまま、四十代というい歳《とし》になっていた。表現を仕事にしたいと思い続けている自分のしつこさに、いささか辟易《へきえき》とし始めていたある日、それまで考えてきたことを模造紙一枚に表にしてみた。そこには、誰かに褒められたこともなく、才能のかけらもないのに、ただ表現したいともがいている男の姿があった。〈痛いな〉と思った。目をそらしてはいけない。半日近く眺めていた。〈私は、そこいらにころがってる小石のような存在だな〉と感じた。そのときふと、これは私だけの問題じゃないんじゃないかと閃《ひらめ》いた。

ある哲学者が「マルクスが偉大なのは『資本論』を書いたからではない、貧困という問題をつかんだことが偉大なのだ。大切なのは問題を解決することではなく、自分の問題をつかむことなのだ」といっていたことが頭の片隅にあった。

そうか、これは「自分の問題」かもしれないぞ。

問いの形はこうだ。

「自分を道端にころがっている小石のようだと感じたとき、人はどうやって自分を支えるのか」

この問題意識を手にして、様々な人に話をきいてみることにした。そうして出来上がった短い文章の形がノンフィクション・コラムだ。最初の本は『友がみな我よりえらく見える日は』という題名にした。多くの人が読んでくれた。世間に受け入れられたと感じた。

その後、二十年以上かけて、七冊のノンフィクション・コラム本を書いた。二百人以上の人と向き合い、話をきき、いっしょに泣き、ともに行動し、原稿を書き、読んでもらい、そして発表した。

ところで、こうした二十年に及ぶ経験の意味するものは、いったい何だったのだろう。

多くの人が自分を支える杖《つえ》を持っていたことを思い出す。

ある人の杖は L'Arc～en～Ciel の歌だったし、また、ある人の杖は江原啓之さんのスピリチュアル本だった。自分のヌード写真を大切にしている人もいたし、「私よりもっとひどい生活をしている人はいる」という言葉で自分を支えている人もいた。

本書でも、「希望退職」の津村さんを支えていたのは子どもの作ったお守りだったし、「声にならない悲鳴」の江藤さんは日記だった。「ぼくのおじさんはレーニンだった」のジョージさんはレコード。「わたしに戻っておいで」のあらきさんは詩。「文身」に出てくる人たちにとっては入墨だった。

人によって様々だ。

それらは、客観的に見れば、どうなのかなと思うものもあるかもしれない。また、通俗的で悪趣味だとか批判されるかもしれない。が、私はそれらすべてを、生きていくためには肯定すべきだと考えた。

「困難なときに自分を支えるもの、それがどんなものであっても、その人を支えるならば、意味がある」

これがノンフィクション・コラムを書いてきた経験から得た教訓だ。

そして、私にとっての杖は何かと考えたとき、思い当たるのがこれらの文章だった。

表現したいという思いだけを握りしめて、身の回りの人間関係をいい加減にしてきた結果、現実の私の人生はうすっぺらなものになっていた。連れ合いはいないし、子どももいない。長い間ひとり暮らしだ。そんな私に喜びと慰みを与えてくれているのが、一人ひとりの困難に心寄せた思い出、つまり、本書なのだ。ノンフィクション・コラムが私の自尊心を支えている。

今回、文庫にすることを提案してくれたのは双葉社の中村朱江さんです。文庫化にあたって、単行本にない文章を入れたり、並びを替えたり、題名もいっしょに考えてくれたりしました。まったく新しい本ができたような感じです。ありがとうございます。

二〇〇九年の暮、当時朝日新聞の書評委員だった重松清さんが「今年の三冊」の一冊として拙著を選んでくれました。コツコツ書いてきた私を見ていてくれた人がいたのだと思い、舞い上がったことを覚えています。今回、その重松さんが解説を書いてくれました。お礼を申し上げます。

最後になりましたが、話をきかせて下さった方々、そして本書を読んで下さった皆様、心より感謝いたします。

二〇二一年四月十四日

上原　隆

解説

作家　重松　清

上原隆さんは、ご自身の作品の主題について、インタビューやエッセイを通じて、僕たちに繰り返し伝えてくれている。キーワードを抽出するなら、「困難」「挫折」「自尊心」「支え」あたりになるだろうか。

たとえば東京新聞の二〇一二年六月十九日付の夕刊に寄稿したエッセイでは——。

〈私が会うのはすぐ隣にいるような人たちだ。一人ひとりがそれぞれの仕方で困難に立ち向かっている。その話をきき、姿を見るとき、ここに生きることそのものがあるという思いが胸に満ちてくる〉

あるいは、時を大きくさかのぼって、『AERA』の一九九七年一月十三日号に掲載された「私っていったい何者なの!?　世紀末の自意識・過剰と崩壊」という記事の中では、前年に初めてのコラム集『友がみな我よりえらく見える日は』を上梓《じょうし》したばかりの上原さんが紹介されている。あくまでも記者の言葉ではあるのだが、ここでも、上原さんが取材をする動機がこんなふうに記される。

〈(さまざまな挫折を経験した上原さん自身と) 同じ境遇に陥った他人は、へなへなと地面に座り込んでから、何を手に摑《つか》んで立ち直ろうとするのかを知りたかったのだ〉

本書『晴れた日にかなしみの一つ』も、その例外ではない。上原さんは文庫化にあたって書き下ろしたあとがきで、ノンフィクション・コラムを手がける姿勢を、〈問題意識〉と呼んだ。

〈「自分を道端にころがっている小石のようだと感じたとき、人はどうやって自分を支えるのか」/この問題意識を手にして、様々な人に話をきいてみることにした〉

一貫している。スジガネ入りである。

しかも、この簡潔にして要を得た自註《じちゅう》には、相当な奥行きがある。

〈問題意識〉の字面だけを見ると、もしかしたらリサーチやフィールドワークめいた冷たさを感じてしまう向きもあるだろうか。また、〈自分を支える〉に重心を寄せすぎると、人によっては、ある種の自己啓発本のような善意の押しつけがましさを予感してしまうかもしれない。

もちろん、心配ご無用。上原さんのコラムは冷たさとも押しつけがましさとも無縁——

というより、この両者に陥ってしまうことを徹底して自戒しつつ書かれた文章なのだ。

どういうことか。

〈問題意識〉には、ついつい社会や時代や世代といった大文字の言葉を冠したくなってしまうものなのだが、上原さんのそれは、決して理屈でひねり出したものではない。源は頭の中ではなく胸の奥。じつは先ほどのあとがきの引用には、前段がある。上原さんはある日、表現で身を立てようと願いながら四十代になっても結果が出ない自分自身について、こう思う。

〈私は、そこいらにころがってる小石のような存在だな〉と感じた。そのときふと、これは私だけの問題じゃないんじゃないかと閃いた〉

出発点は、上原さん自身なのだ。

別の本では「書く」という表現をめぐって、こんなことも——。

〈私にとって、手放せなかったギリギリの「書く」という表現は、誰かに何かを伝えることよりも、自分を支える、自分にとってのものだった〉（『こころが折れそうになったとき』より）

どんなにキツくてツラいときにも手放せないギリギリのものは、きっと誰にでもある。ならば探ってみよう。自分の〈すぐ隣にいるような人たち〉や〈同じ境遇に陥った他人〉

に話を聞き、彼や彼女たちの人生を文章でたどり直してみよう……。だからこそ、上原さんのコラムは、「描かれる彼や彼女」に加えて、「描く私」もしばしば登場する。最初は聞き手／描き手として。しかし、やがて、行間に上原さんの姿が透けて見えるようになる。

その姿が、いいのだ。

もちろんそれは、上原さんが自分語りを始めるという意味ではない。ここでこの質問をするのか。相手はこんなふうに接してくれるのか。ここまで本音を打ち明けてくれるのか。自宅にお邪魔して、まずここを見るのか。最後にこんな言葉で別れるのか……。上原さんでなければありえないよな、と思ってしまう場面は数多い。取材者やインタビュアーというより、譬《たと》えが失礼にならなければ、刑事ドラマでおなじみの人情肌のベテラン——犯人の頑《かたく》なな心をほぐして自白へと導く刑事を、つい重ねたくもなってしまう。

取材の成果を文章で表現するときも、そう。これはもう本文で味読していただくしかないのだが、たとえば現在形と過去形の割り振り、「彼は」と「彼が」の助詞の使い分け、台詞《せりふ》の割り方、遠景と近景の移動、視覚と聴覚の切り替えなど、同業者の端くれとして「ほんとにうまいなあ……」と嘆息するしかない。しかもそれは決して技巧だけの話ではない。文は人なり。〈そこいらにころがってる小石のような存在〉だった上原さんの、生きてきた歳月や歩んできた道のりが、改行一つ、句読点のつくるほんの一瞬の間にも、刻まれているように思えてならないのだ。

そんな達意の文章を、世界中の誰よりも早く、誰よりも近くで読むのは誰か。言うまでもなく上原さん自身――書き手は、同時に読み手でもあるのだ。だからこそ、上原さんのコラムは、僕たち読者の前に、まず上原さん自身に染みていく。

さきに引用したとおり、上原さんが会うのは〈すぐ隣にいるような人たち〉であり、自分と〈同じ境遇に陥った他人〉である。とても近い。そんな彼らを遠くから俯瞰《ふかん》して描くことはできない。描くと袖《そで》振り合う。相手の息づかいもわかるし、こちらの気配も伝わる。物騒な言い方をするなら、返り血を浴びる距離である。共振し、共鳴して、自身の記憶を揺さぶられたり、問いかけられたりして、時には古傷を疼《うず》かせながら、上原さんは原稿を書く。話を聞かせてくれた人それぞれの〈自分を支える〉もの――あとがきの言葉を借りるなら〈杖〉を探る。そして、そうやって書き上がったコラムの数々こそが、自らの〈杖〉になっている、と言うのだ。

少し長いが、あとがきから直接引こう。

〈表現したいという思いだけを握りしめて、身の回りの人間関係をいい加減にしてきた結果、現実の私の人生はうすっぺらなものになっていた。連れ合いはいないし、子どももいない。長い間ひとり暮らしだ。そんな私に喜びと慰みを与えてくれているのが、一人ひとりの困難に心寄せた思い出、つまり、本書なのだ。ノンフィクション・コラムが私の自尊心を支えている〉

さまざまな人たちの〈杖〉を描くことが、自分自身の〈杖〉になる。

あれ？　この構図どこかで見たことがあるぞ。

思いだしたのは、うんと古い――まだ上原さんがエッセイストやコラムニストと呼ばれる前、一九九〇年一月に上梓した著作『「普通の人」の哲学』である。哲学者・鶴見俊輔を論じた同書の著者紹介に「記録映画監督」と記されていた上原さんは、鶴見俊輔と自身の関係をこう記している。

〈私は、私の人生をできるだけ自分の力でコントロールして生きたいと思っている。／それなのに、やりたいことと、できることの差が計算できていないし、自分がこうなりたいと思っている人間像と、現実の自分との違いがわかっていない。／つまり、私というものがつかめていない。／どうすれば良いのか。／一枚の鏡を立ててみようと思った。そこに私を映してみる。／一枚の鏡――それが鶴見俊輔の著作である〉

そうか、鏡か――。

この一節を目にしたとき、いろいろなものがすとんと腑《ふ》に落ちた。

上原さんの描く〈すぐ隣にいるような人たち〉や自分と〈同じ境遇に陥った他人〉のドラマは、つまりは〈一枚の鏡〉ではないのか。描くのはあくまでも〈一枚の鏡〉そのもののドラマであっても、鏡にはおのずと上原さん自身の姿も映り込む。本書所収の二十編のコラムは、「この人の物語」だけではなく、「この人の物語を描く上原さんの物語」も——行間にひそんでいるのだ。

さらに思う。行間には、まだなにかうっすらと透けていないか？

僕は、僕を見た。

父親を描いたコラムの行間に、父親としての自分がいた。夫を描いたコラムの行間に、夫としての自分を見つけた。若さを失った世代を描いたコラムの行間には、還暦間近な自分のくたびれた顔があった……。

おそらく、いや、間違いなく、それは僕一人の発見ではないだろう。だからこそ、上原さんのコラムは多くの読者に愛されている。コラムそのものが、読者一人ひとりにとっての〈一枚の鏡〉なのだ。「この人の物語（と、行間にひそむ上原さんの物語）」を読んでいる自分自身にも、似たような物語があるのを思いだす。ずっと忘れていたものが、コラムという鏡を覗き込むことでよみがえる。

上原さんのコラムの紹介や賛辞で多用されるフレーズを並べてみようか。あなたとよく似た人。等身大の物語。身につまされる。どれも鏡にふさわしい評言ではあるまいか。

だから、上原さんのコラムは折りに触れて再読したくなる。なにかと乱れがちなココロの身だしなみを整えるために、やはり鏡はこまめに覗いておいたほうがいい。文庫版というハンディなサイズは、バッグに忍ばせる小さな手鏡にあたるだろうか。

最後に、『「普通の人」の哲学』について。僕が持っているのは一九九〇年二月の第二刷——失礼ながら上原隆という著者ではなく、鶴見俊輔について勉強したくて買った。だから、このたび解説の小文を書くにあたって、上原さんの著作リストに同書があるのを知ったときには「うわ、マジか」と驚いて、あわてて書庫を探したのだ。納戸の奥から埃をかぶった年代物の鏡台を引っぱり出すようなものかもしれない。

せっかくだから、同書から紹介しておきたい一節がある。

鶴見俊輔の思想をざっくりと読者に説明したくだり——。

〈やさしい文章で、気楽に読めて、読んでいるといつの間にか自分の態度に浸透してきて、自分とつき合うのが上手になる思想〉

この〈思想〉を〈コラム〉に置き換えるだけで、ほら、鏡に映り込んでるよ、上原さんが。

本作品は二〇一二年七月、文藝春秋より刊行された『こんな日もあるさ　23のコラム・ノンフィクション』を改題、一部内容を変更し、加筆修正しました。

〈そのほかの初出〉
「生きる理由が見当たらない」『正論』二〇一六年十二月
（「岩瀬さんのこと」改題）
「ログハウス」『正論』二〇一三年五月

双葉文庫

う-19-01

晴《は》れた日《ひ》にかなしみの一《ひと》つ

2021年5月16日　第1刷発行

【著者】

上原隆《うえはらたかし》

【発行者】

箕浦克史

【発行所】

株式会社双葉社

〒162-8540 東京都新宿区東五軒町3番28号

［電話］03-5261-4818(営業)　03-5261-4833(編集)

www.futabasha.co.jp(双葉社の書籍・コミックが買えます)

【印刷所】

中央精版印刷株式会社

【製本所】

中央精版印刷株式会社

【フォーマット・デザイン】

日下潤一

ISBN978-4-575-71489-0 C0195

Printed in Japan

双葉文庫　好評既刊

NHK国際放送が選んだ日本の名作

朝井リョウ　石田衣良
小川洋子　角田光代
坂木司　重松清
東直子　宮下奈都

全世界で聴かれているNHK WORLD-JAPANのラジオ番組で、17の言語に翻訳して朗読された作品のなかから、人気作家8名の短編を収録。几帳面な上司の原点に触れた瞬間。独り暮らしする娘に母親が贈ったもの。夫を亡くした妻が綴る日記……。異国の人々が耳を傾けたショートストーリーの名品が、一冊の文庫になってあなたのもとへ――。